Voyage dans le temps Voyage dans le temps Voyage dans le temps Voyage dans le temps

VOUS ÊTES PRÊTS ?
FIN PRÊTS ?
SUPER PRÊTS ?
ARCHIPRÊTS ?

ALORS NOUS POUVONS COMMENCER...

Geronimo Stilton

LE VOYAGE DANS LE TEMPS

ALBIN MICHEL JEUNESSE

LES PERSONNAGES DU

Chers amis rongeurs, mon nom est Stilton, Geronimo Stilton. Je vais vous raconter l'une de mes aventures préférées. Je vous présente les personnages...

TÉA STILTON

Dynamique et sportive, ma sœur Téa est l'envoyée spéciale de mon journal, *l'Écho du rongeur*.

BENJAMIN

Ah, Benjamin ! C'est vraiment mon neveu préféré : il est tendre et affectueux... Lui, au moins, il m'aime !

VOYAGE DANS LE TEMPS

TRAQUENARD

Il est vraiment insupportable.
Son passe-temps favori,
c'est de me faire des farces...
mais c'est mon cousin,
et je l'aime bien !

AMPÈRE VOLT

Inventeur génial, le professeur Volt se consacre à des expériences scientifiques bizarres en tout genre. Cette fois, il a construit... la machine à voyager dans le temps !

Sourisia, le 8 décembre

Chers amis rongeurs,

mon nom est Stilton, Geronimo Stilton.
Et voici mon journal de voyage.

J'ai une histoire extraordinaire à vous raconter : tout a commencé comme ça, exactement comme ça...

C'est moi,
avec ma famille
et le professeur Volt

Le moment du départ !

La lettre mystérieuse

C'était un matin de décembre embrumé. Je sortis de chez moi, avalai un grand cappuccino au bar du coin, grignotai un croissant au fromage en feuilletant un exemplaire fraîchement imprimé de mon journal, *l'Écho du rongeur*. Cinq minutes plus tard, j'arrivai au bureau. Vous savez où se trouve mon bureau, n'est-ce pas ? Au 13 de la rue des Raviolis !

Je disais donc que j'arrivai au bureau. C'est là, sur ma table, que je trouvai une lettre **MYSTÉRIEUSE**...

Elle était fermée par un cachet de *cire jaune* sur lequel était imprimé

Geronimo Stilton

un drôle de symbole : un point d'interrogation. Hummm, cette écriture ne m'était pas inconnue… J'ouvris précautionneusement la lettre.
Une clef métallique **rouillée** glissa hors de l'enveloppe, ainsi qu'une feuille de papier à lettre jaune, parfumée au… au… au…
Mais oui, elle était parfumée au **fromage** !
Intrigué, je lus.

...une lettre mystérieuse...

Geronimo ! Prends le tramway numéro 17, place Radouble, et descends au septième arrêt…
Marche jusqu'au feu tricolore, prends la deuxième rue à gauche, puis la troisième à droite et la première à gauche…
Traverse le pont, compte vingt-trois pas et demi en direction de l'affiche publicitaire pour le gruyère Niquedouille. Compte quatorze pas en direction de la cabine téléphonique. Tu te retrouveras devant une horloge…
Tourne-lui le dos, compte sept pas jusqu'à la pizzeria Pizzarate…
Entre dans le restaurant, va aux toilettes, ressors par la petite fenêtre et enjambe le muret…
Marche trente secondes exactement en direction du magasin Botterat.
Tourne au coin de la rue et va jusqu'à une petite porte peinte en noire et portant le panneau **DÉFENSE D'ENTRER**.
Ouvre avec la clef et entre dans l'allée…
Prends la première à droite, puis la deuxième à gauche, puis la troisième à droite, puis traverse la cour jusqu'à la poubelle, entres-y et…

P.-S. Apprends ces instructions par cœur ! Puis détruis ce papier ! N'en parle à personne ! C'est un secret confidentiel ! Top secret archiconfidentiel !

Je couinai :

– Par mille mimolettes !

Je relus attentivement la lettre et l'examinai à la loupe.

– Hum, il se *pourrait* que ce soit une farce, mais…

Je l'avoue, cette histoire m'intriguait.

Je réfléchis quelques instants. Mes moustaches frémissaient d'excitation.

Puis je pris ma décision.

J'appris les instructions par cœur, je déchirai la lettre en mille morceaux et… sans rien dire à personne, je sortis du bureau sur la pointe des pattes.

Je trottinai jusqu'au passage clouté, traversai la rue et courus prendre le tramway ***numéro 17***.

J'AI LES MOUSTACHES QUI SE TORTILLENT...

Comme toujours, le tramway *numéro 17* était **bondé**.
Je me frayai un chemin entre les souris, mulots, rats d'égout et autres rongeurs qui se rendaient à leur travail, pendant que Sourisia, la ville des Souris, se réveillait...
Je regardai par la fenêtre.
Comme Sourisia était belle sous la neige !
Les toits des maisons ressemblaient à des oreillers moelleux, les arbres avaient revêtu un costume de fête avec ces dentelles brodées par la glace.
Perdu dans mes pensées, je faillis rater le septième arrêt.
Les portes du tramway s'ouvrirent en grinçant. Sgnic ! Sgnic !
Le brouillard était de plus de plus en plus dense, et on ne voyait pas plus loin que le bout de son museau. J'essuyai mes verres de lunettes embués et me répétai les instructions de la mystérieuse lettre.

Sourisia, la ville des Souris

Ah oui, c'est vrai, je devais marcher jusqu'au **feu tricolore** !

Je pris la deuxième rue à gauche, puis la troisième à droite et la première à gauche.

Je traversai le **PONT**.

Je comptai **23** pas et **1/2** en direction de l'affiche publicitaire pour le **gruyère Niquedouille**.

Je comptai **14** pas en direction de la **CABINE TÉLÉPHONIQUE**.

Et voilà… l'***horloge*** !

Après **7** pas...

voici la pizzeria ***PIZZARATE***.

J'entrai. Le propriétaire me fit un clin d'œil : bizarre ! J'allai aux ***toilettes***, je ressortis par la petite fenêtre et enjambai le muret…

toilettes

Je marchai **30** secondes exactement en direction du magasin de chaussures Botterat. Je tournai au coin de la rue, tombai sur la petite porte peinte en noire avec le panneau

DÉFENSE D'ENTRER

Je l'ouvris avec la clef mystérieuse et pénétrai dans une allée… Je pris la première à droite, la deuxième à gauche, la troisième à droite, puis débouchai dans une cour… Comme prévu, il y avait là une poubelle. Je soulevai le couvercle : beurk, **ÇA PUE !**

Je me bouchai le museau et me glissai dans la poubelle. Mais à peine y étais-je entré que le fond se déroba sous mes pattes et que je tombai dans un boyau obscur qui semblait sans fin. Je hurlai à tue-tête :

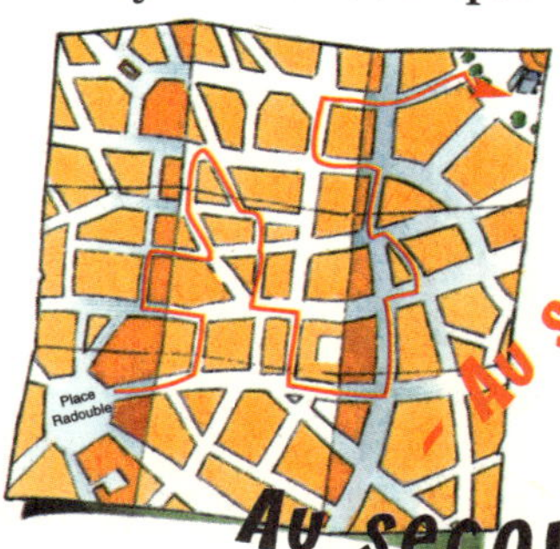

Au secouuuuuuuuuuuuurs !

Au secouuuuuuuuuuuuuuuuuurs !

Tout était noir autour de moi, comme dans l'estomac d'un CHAT AFFAMÉ.

JE TOMBAI

Je tombai pendant un temps interminable. Des secondes, des minutes, des heures ? Je ne saurais le dire.

Tout ce que je sais, c'est qu'à un moment donné je rebondis sur un gros coussin de caoutchouc. SBOING !

Une pince d'acier me récupéra au vol, tandis qu'une voix mécanique répétait :

C'estluiouc'estpaslui? C'estluiouc'estpaslui? C'estluiouc'estpaslui? C'estluiouc'estpaslui? C'estluiouc'estpaslui?

Un petit robot fonça sur moi en glissant sur le sol et me renifla : Snif… snifsnifsnifff !

Puis il proclama :

– *C'est lui… bzzz… Geronimo Stiltun… bzzz… C'est lui… Geronimo Stiltun… bzzzzzzz… Stiltun… Geronimo bzzz Stiltun…*

Bien que suspendu en l'air, je trouvai la force de protester :

– S'il vous plaît, mon nom est *Stilton*, *Geronimo Stilton* !

La pince d'acier me lâcha brusquement et alla frapper un gong qui était accroché au mur.

Gonnnggggggggggggggggggg !

moustaches vibra

Mes moustaches se tortillèrent… Ma queue vibra… Mes amygdales s'entrechoquèrent.

s'entrechoquèrent s'entrechoquèrent s'entrechoquèrent

J'étais complètement sonné.

Une petite porte s'ouvrit et je reconnus un museau familier.

– PROFESSEUR VOLT !

– *Geronimo Stilton* !

LA VITESSE DU GRIGNOTAGE DE FROMAGE… AU CUBE !

J'avais fait la connaissance du professeur Volt au cours de l'aventure LE FANTÔME DU MÉTRO et, depuis, nous étions amis. Depuis des années, il menait de MYSTÉRIEUSES expériences scientifiques, et, pour que personne ne s'empare de ses découvertes, il déménageait souvent son laboratoire secret. D'abord dans les souterrains de Sourisia, puis dans un sous-marin en plongée au pôle Nord et, enfin, dans les glaciers des montagnes les plus hautes…

Le professeur Ampère Volt

Il m'appelait souvent à la rescousse :

– Geronimo, vous êtes un vrai *noblerat*. Je n'ai confiance qu'en vous !

Il m'embrassa affectueusement.

– Que dites-vous de mon nouveau laboratoire, Geronimo ?

Tout en massant mon museau endolori, je regardai autour de moi. Nous nous trouvions dans une immense salle souterraine. Au centre, une paillasse d'acier sur laquelle étaient disposés des alambics de verre remplis de mystérieux liquides **colorés** qui bouillonnaient en dégageant des vapeurs **NAUSÉABONDES**.

Je remarquai plusieurs feuilles couvertes d'esquisses et de formules scientifiques.

– Geronimo, si je vous ai envoyé cette lettre mystérieuse, c'est parce que je devais être sûr que personne ne découvrirait mon laboratoire ! Vous savez que, depuis longtemps, je mène des expériences très secrètes…

– Oui, professeur, je le sais !

– Eh bien, Geronimo, j'ai enfin réalisé mon rêve ! J'ai inventé une machine extraordinaire…

– Une machine ?

Volt acquiesça :

– Une machine… pour effectuer un

VOYAGE DANS LE TEMPS !

D'un geste de la patte, il indiqua un mystérieux objet recouvert d'un drap.

Et voilà... la machine à explorer le temps !

Notes du professeur Volt
ça ne pollue pas !
Batterie solaire
Machine à explorer le temps
RATONAUTILUS

Pour ouvrir, appuyer sur la lettre R

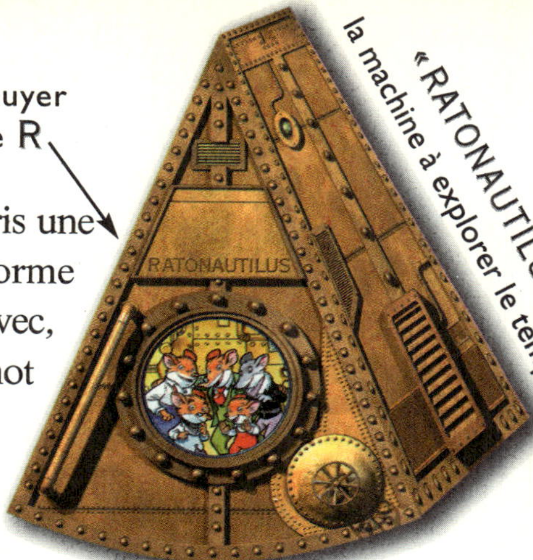

« RATONAUTILUS » la machine à explorer le temps

Il le souleva : je découvris une capsule de cuivre en forme de pointe de fromage avec, gravé sur le devant, le mot « RATONAUTILUS ».

Volt m'expliqua :

– Cette capsule peut voyager en **AVANT** et en **ARRIÈRE** dans le **TEMPS**, à l'intérieur et au-dehors d'éventuels mondes parallèles, comme dans un ruban de Möbius…

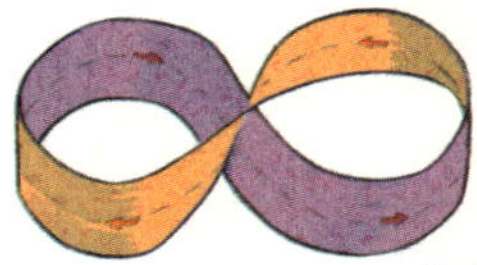

Ruban de Möbius

Il me montra une mystérieuse bande de papier bicolore.

J'examinai attentivement la capsule : elle était faite de plaques de cuivre luisant assemblées par de solides boulons. À l'intérieur étaient installés cinq sièges à dossier de velours qui ressemblaient à des fauteuils de dentiste, mais qui étaient dotés d'une robuste **CEINTURE DE SÉCURITÉ**.

Pour voyager, il suffisait de programmer le jour, le mois, l'année et le lieu où l'on voulait se rendre sur le… **CHRONOMÉTRICUS** !

Prends une bande de papier et colorie chaque face d'une couleur différente. (Par exemple, une face en violet et l'autre en jaune.)

Prends une bande de papier…

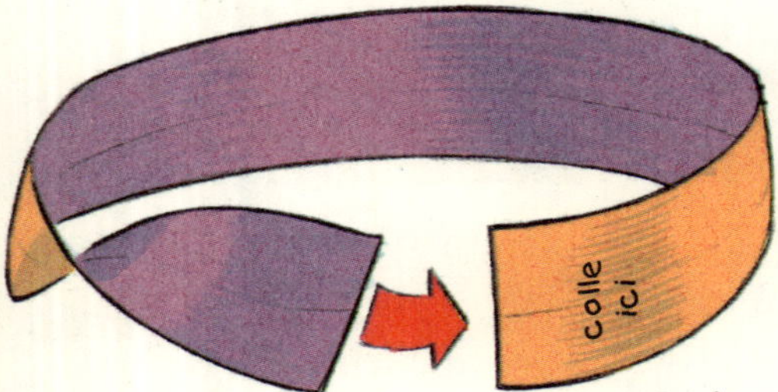

Tords la bande et colle les deux extrémités bout à bout. Maintenant, regarde bien. Le côté violet est-il… à l'intérieur ou à l'extérieur ? Et le jaune ?

… tords-la et colle-la…

… coupe-la en deux…

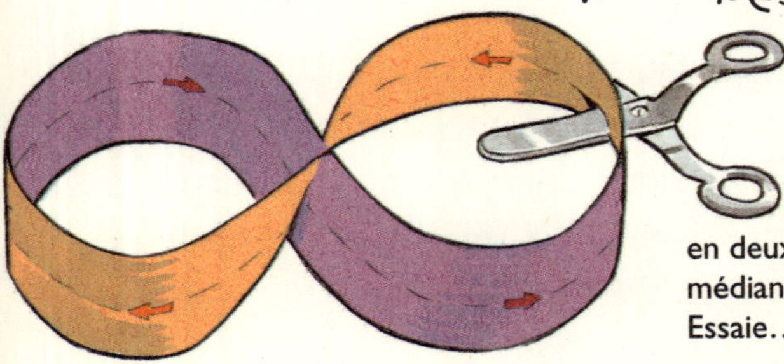

Coupe la bande en deux le long de sa ligne médiane. Qu'obtiens-tu ? Essaie…

∞ est le symbole de l'infini. Le savais-tu ?

Le mystérieux ruban de Möbius

Ce fascinant jeu-expérience nous fait réfléchir sur les trois dimensions et sur le mystère des mondes parallèles. Il a été inventé par le mathématicien allemand August Möbius (1790-1868).

Sur l'accoudoir d'un des fauteuils, je vis un drôle de bouton rouge, avec cette inscription :

Volt poursuivit d'un air rusé :

– Geronimo, tu te rappelles la *théorie de la relativité* d'Albert Einstein ? Ah, quel génie, ce bon vieil Albert !

Albert Einstein (1879-1955) : physicien allemand qui élabora des théories révolutionnaires, comme celle de la relativité, qui marquèrent le début d'une nouvelle ère pour la physique théorique.

« Je réfléchissais à sa formule $E = mc^2$

L'énergie = la masse multipliée par le carré de la vitesse de la lumière

Un soir, je décidai de prendre un bain bien chaud. Vous n'allez peut-être pas le croire, mais c'est dans ma baignoire que j'ai eu mes meilleures idées ! Tout en faisant trempette, j'attrapai un morceau de fromage. Je le grignotai à toute allure, si vite qu'il fut englouti en un instant.

D'une certaine manière, on peut dire qu'il se déplaça dans une autre dimension : dans mon estomac, *hé hé hééé !*

Je méditai : le fromage... le grignotage... la vitesse... J'élaborai donc cette formule :

$$E = mFvsg^3$$

L'énergie = la masse de fromage multipliée par le cube de la vitesse à laquelle une souris le grignote !

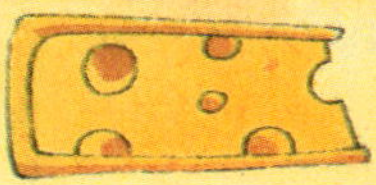

Dans le monde où nous vivons,
on compte trois dimensions :
la hauteur, la largeur,
la profondeur.
Certains considèrent cependant
le temps comme une quatrième
dimension…
et ils prétendent qu'on
pourrait voyager dans le temps !

Par un rapide calcul… *la racine carrée du logaratique algosourique ratomisé sur le rayon du diamètre rongeurisé au souricube,* je découvris enfin qu'il était possible de voyager dans le temps !

À propos, je tiens à préciser que le RATONAUTILUS *ne pollue pas,* car il fonctionne à l'énergie solaire. Je suis très attaché à la protection de notre environnement, la ***nature*** est notre plus précieux trésor !

– Quand partez-vous, professeur ?

– Aujourd'hui, Geronimo. Voulez-vous m'accompagner ? Avec votre famille ?

Je couinai, tout ému :

– J'accepte, professeur !

LA RÉPONSE, LA VOICI... TARATARATARATA !

Je téléphonai à *l'Écho du rongeur.*

– Téa ? J'ai une nouvelle hyper-confidentielle. Le professeur Volt a inventé une machine à explorer le temps, et il nous invite à partir avec lui ! Prépare ton sac à dos et rejoins-moi tout de suite.

Elle hurla :

– Je prends mon appareil photo et j'arrive ! Je vais faire un scoop suuuuuuuper assourissant !

– Chut, parle plus bas, car on pourrait bien t'entendre !

– Je n'en parlerai à personne, parole d'honneur de rongeur ! Je te passe Traquenard.

Celui-ci hurla :

– Qu'est-ce que c'est que cette histoire de voyage avec le prof ? Attention, moi, je ne me bouge que s'il y a un peu de blé à se faire !

J'étais désespéré.

– Chuuut, ne crie pas, je t'en supplie ! C'est un secret ! Une nouvelle confidentielle !

Il soupira :

– D'accord, j'arrive, mais je te préviens, si on trouve des trésors, je veux ma part ! **Garanti au fromage !** O.K. d'acc ?

J'essayai d'abréger :

– Oui oui oui, on en reparlera. En attendant, dépêche-toi d'arriver, on va partir.

Mon cousin cria :

– Au fait, Geronimoche, j'ai une petite devinette facile pour toi... Combien de souris un chat à jeun peut-il manger ?

Je réfléchis :

– Euh, un chat... à jeun... Oh, ça dépend, est-ce que c'est un gros chat ?

– J'étais sûr que tu ne le savais pas !

Puis il chantonna :

– *Na na na nanère, t'es bête comme un camembert ! Tu ne sais pas répondre du tout, bonzi bonzi bonzibou ! La réponse, la voici… taratataratarata !*

Réponse : Une seule souris : parce que, après, le chat n'est plus à jeun !

Puis il me passa mon neveu Benjamin, qui couina :

– Oncle Geronimo, tu pars vraiment pour un voyage dans le temps ? Mon petit tonton, emmène-moi, je t'en supplie !

J'essayai de lui expliquer :

– Je t'emmènerais volontiers, Benjamin, mais ça risque d'être un voyage très dangereux.

– Oncle Geronimo, je t'en supplie, emmène-moi avec toi ! Je t'en prie, mon tontontounet, je t'en priiiiie !

Je suis incapable de dire non à Benjamin.

Je souris.

– Bon, d'accord, *ma petite lichette d'emmental*. Tu viens avec nous !

– Merci, mon petit tonton, merci merci merci ! Je t'aime ! Tu es le meilleur tonton du monde !

– Moi aussi, je t'aime, mon petit chéri.

Je raccrochai, puis réfléchis.

Avec Téa, Traquenard et Benjamin, j'avais levé l'ancre pour des terres lointaines à bord d'un brigantin, j'avais découvert de précieux trésors sur des îles désertes, j'avais escaladé les plus hauts sommets… Ce qui fait la force de notre équipe, c'est que nous sommes différents les uns des autres et que nous nous complétons.

Rien ne peut arrêter la famille Stilton !

Une demi-heure plus tard, j'entendis sonner le gong.

Téa, Traquenard et Benjamin étaient arrivés.

…j'entendis sonner le gong…

Goongggggg
Goongggggg
Goongggggg
Goongggggg
Goongggggg

DES SAUCISSES POUR DINOSAURES

Volt ouvrit un petit réfrigérateur.

– Il y a des années, j'ai mis cette bouteille de côté pour une occasion unique.

Mon cousin l'examina en connaisseur.

– Mais c'est du coulis de ROQUEFORT 1958, le *top du top du top !* À s'en lécher les babines ! Tous mes compliments, prof, vous êtes un vrai gourmet !

La photo prise par Téa

Téa prit une photo de notre groupe pendant que Benjamin serrait la patte de Volt.
Celui-ci nous expliqua :
– POINT NUMÉRO UN : pour partir, il suffit de programmer le **CHRONOMÉTRICUS**, puis d'appuyer sur le bouton qui se trouve sur l'accoudoir du fauteuil. Mais il faut faire très attention et ne pas se tromper de date et de lieu. Sinon, on pourrait se perdre dans le temps !
Je frémis.
PAR MILLE MIMOLETTES, j'allais être très prudent. Je n'avais pas du tout envie de me perdre dans le temps !
Le professeur sortit une petite boîte de sa poche.
– POINT NUMÉRO DEUX : vous aurez besoin de bouchons pour vos oreilles, car le voyage est assez bruyant. Au fait, quelqu'un est-il sujet au mal de l'air ?
Traquenard ricana :
– Geronimo souffre du mal de l'air, du mal de mer, du mal de train, du mal d'autobus, et même du mal de taxi, *hé hé hééé !*
– Hummm, dans ce cas, mon cher Geronimo, il est possible que vous ayez un peu la nausée, mais ne vous

inquiétez pas, le voyage ne durera que 60 secondes, pas une de plus, pas une de moins !

POINT NUMÉRO TROIS : on ne doit en aucun cas modifier le passé, car cela changerait aussi le futur, et cela pourrait avoir des conséquences désastreuses !

POINT NUMÉRO QUATRE : gardez toujours à portée de patte mon MANUEL DE SURVIE POUR LES VOYAGEURS DU TEMPS. Il donne des informations utiles pour traverser les diverses périodes historiques. Il pourrait vous sauver la vie ! *Par exemple : quelle est la première chose à faire quand on se trouve face à un dinosaure ?*

NÉCESSAIRE DE VOYAGE :

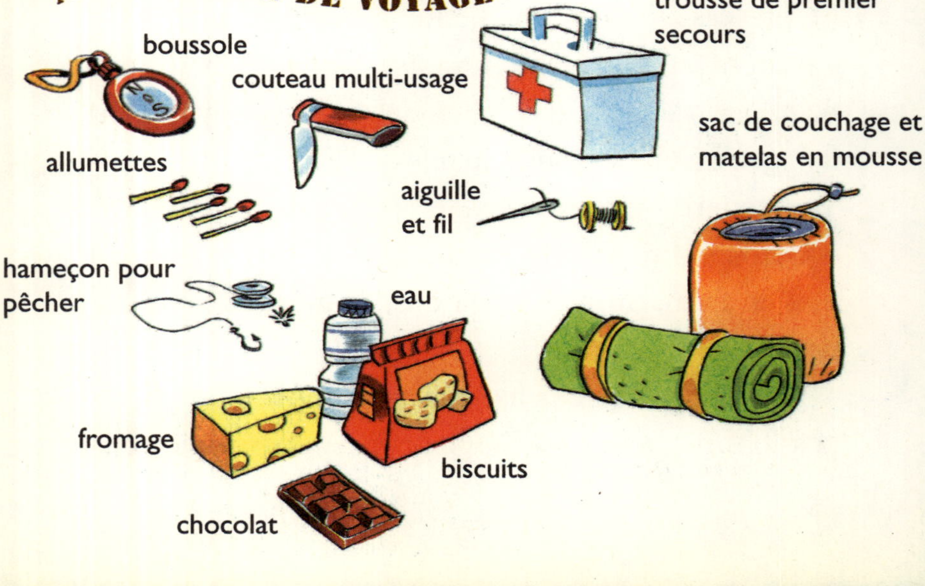

Le professeur ouvrit son livre.

– On contrôle dans le MANUEL si c'est un *herbivore* ou un *carnivore* ! Si c'est un carnivore, il faut prendre ses pattes à son cou !

ET VITE !

Je flairai le best-seller.

– C'est très intéressant, professeur ! J'aimerais bien le publier.

Volt sourit sous ses moustaches.

– Pourquoi pas ? Nous en parlerons à notre retour, Geronimo…

Le professeur fit enfin une déclaration solennelle :

– Notre voyage secret dans le temps a trois objectifs…

1. *Dans la préhistoire, nous découvrirons pour quelle raison les dinosaures ont disparu !*

2. *Dans l'Égypte ancienne, nous découvrirons comment a été construite la pyramide de Chéops !*

3. *Dans la Britannia du Moyen Âge, nous assisterons au couronnement du roi Arthur !*

Je glissai dans ma poche un sachet de plastique qui contenait mon journal et un crayon, pour ne rien oublier de l'incroyable aventure qui allait commencer !

Traquenard marmonna, lugubre :

– Bah ! Va savoir si on en reviendra ! Va savoir si nous n'allons pas être transformés en saucisses pour dinosaures... ou si un pharaon ne va pas nous SARCOPHAGISER... ou si nous n'allons pas tous finir en BROCHETTE sur la lance d'un chevalier du Moyen Âge ? À propos, Geronimo, j'ai une petite devinette toute facile facilette pour toi...

Combien de mois dans l'année ont 28 jours ?

Je répondis :

– Euh, un seul... février !?

Traquenard ricana :

– J'étais sûr que tu ne le savais pas ! *Na na na nanère, t'es bête comme un camembert ! La réponse, la voici... taratataratarata !*

Réponse : Tous les mois de l'année ont 28 jours !

UN MYSTÉRIEUX BROUILLARD BLEUTÉ

Je pénétrai dans la capsule et demandai à mon cousin :

– S'il te plaît, peux-tu me passer la boussole, le chronomètre et la trousse de premier secours ?

Pour plaisanter, Traquenard lança les trois objets en l'air, comme un jongleur.

– Hop là, hop là, hop làààààà ! Geromini, une petite devinette facile facilette facilounette pour toi.

Un train électrique voyage en direction du nord à la vitesse de 100 kilomètres-heure, alors qu'un vent d'ouest souffle à 25 kilomètres-heure. Dans quelle direction va la fumée, et à quelle vitesse ?

J'essayai de réfléchir :

– Euh, voyons donc… 100… 25… la fumée… la vitesse… bof ?

Il ricana :

– J'étais sûr que tu ne le savais pas ! *Na na na nanère, t'es bête comme un camembert ! La réponse, la voici… taratarataratа !*

Si c'est un train électrique, il ne fait pas de fumée !

Il riait tellement qu'il se prit les pattes dans la queue et que la boussole s'écrasa sur le tableau de bord : CRASH !

Le chronomètre me frappa la citrouille :

SBAM !

La trousse heurta le hublot qui se referma d'un coup : CLONG !

Je criai :

AÏE !

Je m'aperçus avec HORREUR que, dans sa chute, la boussole avait actionné le CHRONOMÉTRICUS.
Je voulus bondir hors de la capsule, mais… trop tard !
Le RATONAUTILUS se mit à tourner sur lui-même, de plus en plus vite.
Un ronflement assourdissant se fit entendre, et je compris pourquoi le professeur nous avait conseillé de mettre des bouchons dans nos oreilles !
Le vaisseau se remplit d'un mystérieux brouillard bleuté et j'entendis une détonation tonitruante :

BANGGGGGGGGGGGGGGGGG!!!

Le RATONAUTILUS s'immobilisa brusquement.
Il me fallut quelques minutes avant de reprendre mes esprits : mes pattes étaient crispées sur les accoudoirs, ma tête tournait comme si elle était traversée par un vol de papillons !
Très angoissé, j'appelai :

– Téa ? Traquenard ? Benjamin ? Professeur Volt ?
Pas de réponse.
J'attendis, de plus en plus inquiet.
Enfin, je pressai précautionneusement sur le bouton qui déclenchait l'ouverture du hublot. Je sortis la tête de la capsule...

et j'en eus
le souffle
coupé
tant je fus
éberlué !

oyage dans le temps Voyage da

jage dans le temps Voyage dans le te

jage dans le temps Voyage dans le temps Vo

s Voyage dans le temps Voyage dans le temps Voyage da

s le temps Voyage dans le temps Voya

ans le temps Voyage dans le

Voyage dans le temps

PÉRIODE JURASSIQUE

De –205 à –135 millions d'années

Rhamphorhynchus
Conifères
Diplodocus
Palmiers
Stégosaure
Cycadées
Cératosaure

JE ME SUIS PERDU COMME UN BENÊÊÊT !

Un spectacle si extraordinaire s'offrait à moi que je dus me pincer la queue pour être sûr que je ne rêvais pas.

Des arbres très hauts avec d'innombrables feuilles mais sans fleurs, avec d'étranges pommes de pin à la place des fruits. Partout, des buissons de fougères et de prêles.

J'aperçus le cou d'un diplodocus qui dépassait d'un étang, et la queue cuirassée d'un stégosaure.

Au loin, à l'horizon, un volcan cracha une bouffée de vapeur et la terre trembla.

Un reptile volant planait au-dessus de moi, silencieux.

PRÉHISTOIRE

DIPLODOCUS
Famille : Diplodocidés
Dimension : 26 mètres de long
Herbivore – Fin du jurassique
Répartition : Amérique du Nord
Signes particuliers : il avait un cou long de 7 mètres ! Il se servait de sa queue comme d'un fouet. Il vivait en troupeau.

Je jetai un coup d'œil au **CHRONOMÉTRICUS** :

Je me trouvais en pleine période jurassique, au temps des dinosaures...
J'essayai de reprogrammer le **CHRONOMÉTRICUS**, mais il s'était bloqué.
Je m'arrachai les moustaches de désespoir.
C'était bien ce que je craignais : *je m'étais perdu dans le temps.*

PRÉHISTOIRE

STÉGOSAURE
Famille : Stégosauridés
Dimension : 6 à 8 mètres de long
Herbivore – Fin du jurassique
Répartition : Amérique du Nord
Signes particuliers : les plaques osseuses sur son dos étaient recouvertes de peau.

IMPOSSIBLE DE CHANGER DE DATE... = IMPOSSIBLE DE RENTRER À LA MAISON !

– Je me suis perdu comme un benêêêêt !

Je m'enfermai dans la capsule en sanglotant :

– Scouit, je suis tout seul, loin de chez moi. J'ai peur ! Peuuuuuur !! Très peuuuuuuuuur !!!

Soudain, je repensai à la comptine que me chantait toujours tante Toupie quand j'étais petit et que j'avais peur du noir.

Si tu manques de courage
Il ne faut pas t'effrayer...
Mange un morceau de fromage
Et commence à siffloter !
Tout problème
a sa solution...
Fais bien attention,
tu la trouveras en toi-même !

Je soupirai en me rappelant que, après ces mots, tante Toupie me donnait toujours un bisou et m'offrait toujours une lichette de fromage. Je lui demandais alors :

– Tata, le fromage fait passer la peur ?

Elle répondait toujours avec un doux sourire :

– Non, mon petit chéri... mais ça a un goût délicieux !

Je soupirai. Ah, tante Toupie ! Toutes les petites souris du monde devraient avoir une tante aussi merveilleuse !

Bon, l'idée du fromage n'était pas mauvaise. Je grignotai un morceau de saint-nectaire et je dis à haute voix pour me donner du courage :

– Tout va bien, je vais m'en sortir !

Je répétai plusieurs fois :

– Oui, tout va bien !

Toutvabientoutva bientoutvabien...

Je pris mon courage à deux pattes et ouvris le hublot.

Je sortis du vaisseau et m'enfonçai dans la forêt préhistorique, en sifflotant pour me donner du cœur à l'ouvrage.

J'écrivis dans mon journal : « *Je me trouve dans une forêt pluviale de la période jurassique, humide et touffue. Je suis seul... seul... seul !* »

Je ne devais surtout pas m'éloigner du RATONAUTILUS, car il représentait mon seul espoir de rentrer chez moi.

Je me forçai à ricaner :

– *Hé hé hééé,* de toute façon, je ne m'éloigne pas d'ici, parfaitement ! Il n'en est pas question !

Je me grattai le crâne grillé par le soleil.

– Au jurassique, il fait une **CHALEUR INFERNALE** !

Brusquement, l’obscurité se fit.

Je poussai un soupir de soulagement.

– Ah, des nuages ! Il fait plus frais…

Je tournai le regard vers le ciel, mais j’eus à peine le temps de lever la tête qu’un énorme rhamphorhynchus me saisit dans ses griffes et m’enleva dans les airs!

JE NE VEUX PAS SERVIR DE GOÛTER À UN DINOSAURE !

– Au secouuuurs ! Sauvez les souriiiiis !! Je veux descendre !!!

Il volait très vite pendant que je couinai, terrorisé :

– PAR MILLE MIMOLETTES !

Ah, pour être frais, j'étais frais !

Ophtalmosaurus

Nous fîmes un long vol plané au-dessus d'un lac. Çà et là, dans les vagues, nageaient des ophtalmosaurus, des reptiles marins ressemblant à des dauphins. Sur les rives du lac, j'aperçus un troupeau de protosuchus, ancêtres des crocodiles. En nous voyant passer, ils levèrent le museau et ouvrirent grand les mâchoires. Sgnac ! Sgnac ! Sgnac !

Je fermai les yeux.

– Je jure que si je réussis à rentrer vivant à Sourisia, je ne sortirai plus de chez moi, même pas pour aller en week-end à la mer...

La bestiole ne me lâchait pas.

Soudain, j'eus une idée : je n'avais qu'à le chatouiller ! Aussitôt dit, aussitôt fait : je tombai vertigineusement et rebondis sur quelque chose de doux. Je me massai la citrouille.

– Hum, qu'est-ce que c'est ? Ah oui, une queue d'*allosaure*... U-une q-queue d'a-allosaure ???

SQUIIIIIIT !

Deux yeux jaunes me fixèrent, d'un air affamé.

– Groarrrrrrrrrrrrrrrrrrrrrrrrrrrrrrrrrrr !!!

J'essayai frénétiquement de réfléchir :
– Bon, herbivore ou carnivore ? Herbivore ou carnivore ? Herbivore ou carnivore ?
Il ouvrit une gueule hérissée de dents pointues, et je me souvins :
– ALLOSAURE : carnivooore ! hurlai-je. Je ne veux pas servir de goûter à un dinosauuuure ! Au secouuuuuurs !
La terre tremblait chaque fois que ses grosses pattes touchaient terre.

Je courai, courai, courai, désespéré.

Mais je me retrouvai bientôt au pied d'une paroi rocheuse. J'étais pris au piège !

L'allosaure s'approcha, une lueur perfide brillant dans ses petits yeux de reptile.

PRÉHISTOIRE

ALLOSAURE

Famille : Allosauridés
Dimension : 12 mètres de long
Carnivore – Fin du jurassique
Répartition : Amérique du Nord, Afrique, Australie
Signes particuliers : son nom signifie « étrange reptile ». C'était le plus grand carnivore du jurassique. Il possédait 70 dents très pointues.
Son crâne était doté d'épaisses crêtes osseuses.

Le moins qu'on puisse dire, c'est qu'il avait de l'appétit. La viande de souris avait l'air de lui plaire, et pas qu'un peu !

PRÉHISTOIRE

MÉGALOSAURE

Famille : Torvosauridés
Dimension : 9 mètres de long
Carnivore – Fin du jurassique
Répartition : Europe
Signes particuliers : son nom signifie « grand reptile ».
Il avait quatre doigts munis de griffes acérées, des dents recourbées vers l'arrière.

Je courus à perdre haleine dans la forêt, pendant que le reptile, furieux, me poursuivait, la gueule béante.

Il fit un pas en avant… puis un deuxième… puis un troisième encore… jusqu'à ce que j'entende un *autre* rugissement :

– Groarrrrrrrrrrrrrrrrrr !!!

Un *autre* dinosaure s'avança en fixant sur moi un regard gourmand : c'était un mégalosaure !

Je me recroquevillai derrière un tronc, en essayant de me faire tout petit.

– Qu'y a-t-il de pire qu'un dinosaure affamé ? deux dinosaures affamés!

Les deux bêtes s'observèrent en grinçant des dents. Puis elles poussèrent d'épouvantables hurlements :

– Groarrrrrrr…

– Grouikkkk kkkkkkkkkkkkkkkkkkkkkkkkk !!!

– Urgghhhhhhhhhhhhhhhhhhhhhhhhhhhhh !!!

– Kkkréééééoooookkkkkkkkkkkkkkkkkkkkkkkkkkkk !!!

– Gnikkkkkkgrrkkkkrrrrrrrrrrrrrrrrrrrrrrrrrrrrrrrrrrrrrrrrrrrrrrrrrrrrrrrrr !!!

– Grakkkrgggggrrrrrrrrrrrrrrrrrrrrrrrrrrrrrrr !!!

Je me précipitai vers le RATONAUTILUS et sautai à l'intérieur, refermant le hublot d'un coup sec.

Les deux bestioles secouèrent le vaisseau pour m'en faire sortir.

– Krrrrrrkkkkkkkkkk tttgnkkkkrrrrrkkkkktttgnkkkkrrrrr !

C'est alors que le **CHRONOMÉTRICUS** se débloqua et commença à ronronner. Je repartais… mais pour aller où ?

JE NE RENTRERAI JAMAIS, JAMAIS, JAMAIS, JAMAIS, JAMAIS, JAMAIS...

Après divers entortillonaminis, le RATONAUTILUS s'immobilisa. Le CHRONOMÉTRICUS indiquait :

J'entrouvris le hublot... J'étais encore dans la préhistoire, mais le paysage avait changé : j'étais au crétacé !

Je m'assis sur le crâne d'un tricératops.

– Primo, j'ai été enlevé par un reptile volant, puis j'ai failli servir de goûter à un allosaure. Peut-il m'arriver...

... QUELQUE CHOSE DE PIRE ???

PÉRIODE CRÉTACÉE

De –135 à –65 millions d'années

Albertosaurus
Magnolia
Ouranosaurus
Ardéidés
Prêles
Panoplosaurus
Crocodile
Serpent

C'est alors que j'entendis un bruissement. Je me retournai juste à temps pour voir le RATONAUTILUS tourner vertigineusement sur lui-même.

Un instant plus tard, il ne restait plus du RATONAUTILUS qu'une empreinte sur les fougères aplaties.

Je sanglotai :

– Et voilà, c'est possible, il vient de m'arriver **QUELQUE CHOSE DE PIRE !** Sans le RATONAUTILUS, je ne rentrerai jamais, jamais !

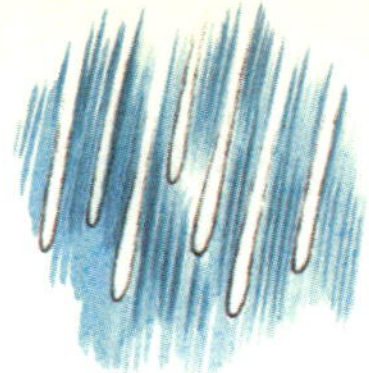

SGNIIIIIK !

Le soir, il commença à tomber une petite pluie fine et persistante qui me trempa de la pointe des moustaches à la pointe de la queue. Je m'abritai sous une feuille de ginkgo biloba et me blottis à l'intérieur d'un gros nid abandonné.

Je pleurai en pensant à ma famille. Pourrais-je un jour embrasser Téa et Traquenard ? Ah, comme Benjamin me manquait ! Je fermai les yeux et essayai de dormir. Mais en vain.

Alors, j'ouvris le MANUEL du professeur (que j'avais toujours dans la poche) et commençai à le lire à la lumière argentée de la lune. Les heures passèrent à toute vitesse. À l'aube, je refermai le MANUEL, satisfait. Je savais tout sur la **PRÉHISTOIRE** !

Soudain, j'entendis un bruit : **toc toc toc !** Je retournai les feuilles du nid et trouvai un œuf d'une vingtaine de centimètres de long et à la coquille d'une délicate teinte ivoire.

À sa surface apparut une petite fente qui s'élargit bientôt. Une drôle de petite tête en sortit, avec deux yeux qui me regardèrent, ébahis.

Je notai dans mon journal :

« 6 heures 25, j'assiste à la naissance d'un petit tricératops ! »

Le bébé poussa un cri :

– Sgniiiiiiiiiiik !

Je me levai. *Le bébé se leva !*
Je me grattai la tête. *Il se gratta la tête !*
Je fis un petit saut à gauche.
Il fit un petit saut à gauche !
Je fis un petit saut à droite.
Il fit un petit saut à droite !
Pourquoi m'imitait-il ?

Pourquoi ? Pourquoi ? Pourquoi ?

Les premières formes de vie se sont développées dans l'eau il y a quelque 3,5 milliards d'années.
Dicksonia
Trilobite
Insecte
Amphibien
PÉRIODE TRIASIQUE
de – 245 à – 205 millions d'années
Cynognathus
Procompsognathus
PÉRIODE JURASSIQUE
de – 205 à – 135 millions d'années
Ichtyosaure
Ptérosaure
Stégosaure
Brachiosaure
Coelurus
PÉRIODE CRÉTACÉE
de – 135 à – 65 millions d'années
Iguanodon
Corythosaurus
Tyrannosaure
Tricératops

PROTÉROZOÏQUE
de – 2,5 milliards à – 540 millions d'années

PALÉOZOÏQUE
de – 540 à – 245 millions d'années

Les scientifiques divisent l'histoire de la Terre en ÈRES et en PÉRIODES. Les dinosaures se sont développés lors du MÉSOZOÏQUE, qui se divise en trois périodes : TRIAS, JURASSIQUE, CRÉTACÉ.

MÉSOZOÏQUE
de – 245 à – 65 millions d'années

Les dinosaures sont apparus il y a quelque 200 millions d'années et ont disparu il y a environ 65 millions d'années.

Anchisaurus

CÉNOZOÏQUE
de – 65 millions d'années à nos jours

Le dinosaure aux dents les plus longues : des vraies pioches !

Tyrannosaurus rex

Le plus petit : comme un coq !

Compsognathus

Le plus cuirassé : des plaques d'os sur le dos !

Stégosaure

Le plus bruyant : sa tête a un mégaphone en os !

Parasaurolophus

Le plus bizarre : il a des cornes sur le nez et sur le front !

Tricératops

Diplodocus

Records préhistoriques

Ptéranodon

Quetzalcoatlus

… avec la plus grande envergure d'ailes : comme un planeur !

Le plus édenté : il n'avait pas de dents !

Saltasaurus

Dromaeosaurus

… tout petit mais très méchant !

Le plus malin : il a des plaques et des épines osseuses sur le dos !

Diplodocus

Le plus long : près de 30 mètres !

Soudain, je compris : le bébé tricératops me prenait pour sa maman, parce que j'étais le premier être vivant qu'il ait vu en sortant de son œuf !

– Je ne suis pas ta maman, je suis une souris. Mais je t'aime bien quand même. Hum, il te faut un nom. Que dis-tu de Trisouritops ?

L'aube était fraîche, et le petit avait si froid qu'il tremblait. Aussi je le couvris avec ma veste, l'embrassai et m'endormis dans le nid…

… jusqu'à ce que *quelqu'un* me pince la queue en me hurlant dans les oreilles :

– Herbivore ou carnivore ? Herbivore ou carnivore ? Herbivore ou carnivore ? Répoooooooonds !

PRÉHISTOIRE

TRICÉRATOPS
Famille : Cératopsidés
Dimension : 9 mètres de long
Herbivore – Fin du crétacé
Répartition : Amérique du Nord
Signes particuliers : son nom signifie « museau à 3 cornes ». Doté d'un casque osseux et de 3 longues cornes, il vivait en troupeau.

ESTOUFFADE DE TRICÉRATOPS… OU SANDWICH À L'AIL ?

Traquenard éclata de rire, ravi de sa plaisanterie.

– Si j'avais été un carnivore, à l'heure qu'il est, tu serais déjà de la PÂTÉE POUR DINOSAURE !

Je l'embrassai.

– Cousin ! Malgré tout, je suis rudement content de te revoir !

Volt m'expliqua qu'il avait réussi à rappeler le RATONAUTILUS grâce à une télécommande d'urgence.

À mon tour, je lui racontai mes aventures dans la forêt de la période **JURASSIQUE**, tandis que le petit tricératops se cachait, timide, dans mon dos.

Benjamin et Trisouritops devinrent tout de suite amis.

Traquenard, lui, le soupesa, satisfait.

– Voilà qui résout le problème du dîner : ce soir, nous aurons de l'estouffade de *tricératruc,* enfin, de tricératops !

Je m'indignai :

– On ne touche pas à Trisouritops, c'est mon ami.

Je remarquai que le paysage avait beaucoup changé : du reste, il s'était écoulé des millions et des millions d'années…

Je reconnus quelques plantes modernes : des chênes et des magnolias, des papyrus, des palmiers, des nymphéas.

La forêt de la période crétacée était remplie d'arbres en fleurs !

Mon cousin découvrit une plante qui ressemblait à de l'ail.

Il couina, ravi :

– **Aïe aïe aïe !** Ah, rien ne vaut un bon sandwich à l'ail !

Il sortit deux tranches de pain de son sac à dos et les fourra avec des gousses puantes.

Il secoua son sandwich sous mon museau.

– Tu veux goûter ?

J'éternuai.

– Tu sais bien que je suis allergique à l'ail. **Atchoum !**

J'AURAIS PU Y LAISSER MON PELAGE !

Nous construisîmes une petite cabane en bois au sommet d'un arbre, pour nous protéger des serpents préhistoriques et des énormes insectes qui rampaient sur le sol.

À l'heure du dîner, mon cousin m'appela près du feu avec un air mystérieux : une soupe au parfum appétissant frémissait dans la marmite.

– Goûte, mais dis-moi sincèrement ce que tu en penses, toi qui es un fin gourmet !

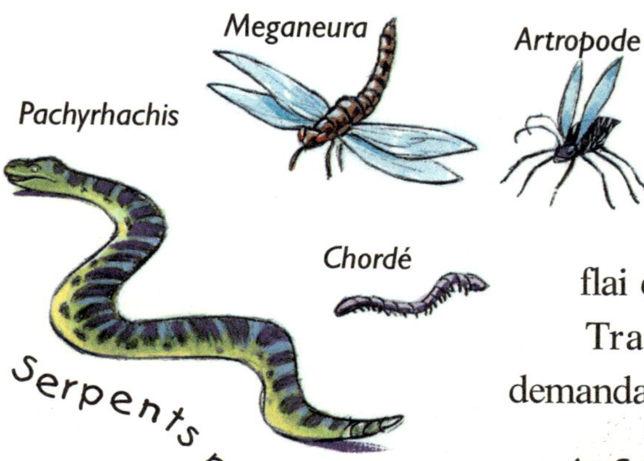

Serpents préhistoriques et insectes divers...

Flatté, je pris une cuillèreée de soupe, soufflai dessus et goûtai.

Traquenard me demanda, impatient :

– Alors ? Hein ?

– C'est bon.

Il me fixa.

– Comment te sens-tu ?

Moi : – Bien.

Lui : – Tu te sens bien ?

Moi : – Mais oui !

Lui : – Très bien ?

Moi : – Parfaitement.

Lui : – Vraiment très très bien ?

Moi : – Mais puisque je te dis que je me sens très bien !

Lui : – La soupe est cuite, à table tout le monde !

Je demandai distraitement :

– Qu'as-tu mis dans cette soupe ?

Il expliqua fièrement :

– Des champignons préhistoriques !

Téa, méfiante, s'immobilisa et s'informa, la cuillère en l'air :

– Hummm, comment peux-tu savoir qu'ils ne sont pas VÉNÉNEUX ?

je t'en ferai manger, des champignons ! Je t'en ferai manger, des champignons

Il glissa les pouces sous ses bretelles :

– Je les ai d'abord fait goûter à Geronimo. Je suis une souris prudente, moi !

Je protestai :

– Empoisonneur ! J'aurais pu y laisser mon pelage ! Si je t'attrape, je t'en ferai manger, des champignons !

Traquenard se défendit :

– Mais tu n'es jamais d'accord, cousin ! Pas le *tricéro-truc*, pas de champignons ! Qu'est-ce que j'aurais dû mettre dans la casserole, d'après toi ?

Volt sourit sous ses moustaches. Il ouvrit un coffret en bois de noyer portant les initiales A. V. et coupa cinq précieuses tranches de beaufort millésimé.

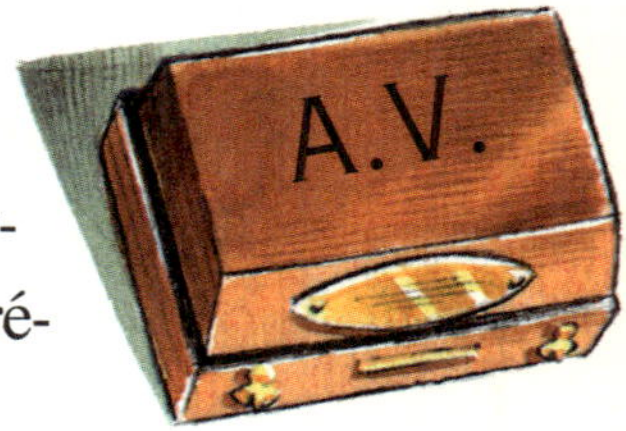

Coffret contenant la collection personnelle de fromages millésimés d'AMPÈRE VOLT

– Chers amis, permettez-moi de ramener l'***harmonie*** dans notre équipe. Je vous offre ce régal en l'honneur de Geronimo, parce que nous nous réjouissons qu'il soit de nouveau parmi nous.

Nous grignotâmes le fromage, tout heureux, et chicotâmes en chœur en nous tenant par la patte :

– À notre ***amitié*** : qu'elle soit *plus* forte qu'hier, et *moins* que demain !

Le secret des dinosaures

Le lendemain matin, debout dès l'aube, nous prîmes le petit déjeuner ensemble.

Traquenard avait préparé une infusion, en plongeant dans l'eau bouillante des feuilles ressemblant à du thé, et des œufs de dinosaure brouillés, relevés avec un tubercule sauvage au goût d'oignon.

Le professeur demanda le silence, puis monta sur une souche de séquoia et annonça solennellement :

– Chers amis, nous ne savons pas si l'extinction des dinosaures a été lente, s'étendant sur plusieurs milliers d'années, ou brutale. Et nous ne savons pas non plus *pourquoi* elle s'est produite. Nous sommes venus ici pour essayer de rassembler des informations qui nous aideront à comprendre. Voici les diverses hypothèses...

POURQUOI LES DINOSAURES ONT-ILS DISPARU ?

HYPOTHÈSE NUMÉRO 1

Peut-être la Terre fut-elle frappée, à la fin du crétacé, par une gigantesque météorite. Les nuages de poussière qui furent projetés dans l'atmosphère empêchèrent les rayons du Soleil de parvenir jusqu'à la Terre. Le climat se refroidit et nombre de plantes, d'herbivores et de carnivores disparurent !

On a en effet retrouvé dans des roches datant de la fin du crétacé une très importante proportion d'iridium – un métal très rare sur Terre, mais présent dans les météorites ! En outre, on a découvert dans le golfe du Mexique un cratère, large de 200 kilomètres et profond de 800 mètres, provoqué par la chute d'une météorite !

HYPOTHÈSE NUMÉRO 2

À la fin du crétacé, une gigantesque éruption volcanique cracha dans l'atmosphère d'épaisses fumées qui empêchèrent le Soleil de réchauffer la Terre et provoquèrent un changement climatique. Certains animaux auraient pu s'adapter au nouveau climat, mais pas les dinosaures !

HYPOTHÈSE NUMÉRO 3

À la fin du crétacé apparurent de nombreux petits mammifères, tels que le morganucodon, le zalambdalestes, le deltatheridium... et même l'opossum. Comme ils se nourrissaient d'œufs de dinosaure, ils ont pu accélérer leur disparition !

ADIEU, PETIT AMI !

Réfléchissant aux paroles de Volt, j'allai me promener jusq la rive du lac. Je respirai profondément l'air parfumé par eucalyptus et je jouis de l'instant de bonheur qu'offrait matin préhistorique. Quelle paix !

Je vis un troupeau de tricératops qui s'abreuvaient. Ils étai de la même race que Trisouritops.

Je les lui montrai :
– Quand tu seras grand, tu deviendras comme ça. Tu es un tricératops, pas une souris. Courage, va les retrouver !
Il se cacha sous ma veste, plongeant le museau dans une poche. Je le poussai délicatement vers le groupe de tricératops.
Il s'approcha du troupeau : les autres le reniflèrent et lui firent une place parmi eux. Ils l'avaient accepté !
Puis ils s'éloignèrent, pendant que j'écrasais une larme en cachette.
– Adieu, petit ami ! Je ne t'oublierai pas. *Euh, je suis un gars, enfin un rat, plutôt sentimental...*

LE PLUS GRAND REPTILE VOLANT DE LA PRÉHISTOIRE

Nous travaillâmes durement toute la journée pour réunir des informations, puis nous nous arrêtâmes dans un bosquet d'eucalyptus.

Pendant que les autres préparaient le campement, j'allais puiser de l'eau au ruisseau avec un seau. Je venais d'arriver quand j'entendis un cri :

– GRRRAUUUKKKKKKKK !

Je découvris un énorme reptile volant : son bec mesurait 90 centimètres, et chacune de ses ailes avait une envergure de 6 mètres, comme l'aile d'un deltaplane !

Feuille d'eucalyptus

Derrière moi, Volt chuchota :

– C'est le plus grand reptile volant de la préhistoire ! QUETZALCOATLUS !

Il me montra la patte du reptile, prise dans un buisson épineux.

PRÉHISTOIRE

QUETZALCOATLUS

Famille : Ptérosaurius
Dimension : 11 mètres d'envergure
Piscivore – Crétacé
Répartition : Amérique du Nord
Signes particuliers : ces reptiles ne pouvaient pas à proprement parler voler, mais ils planaient. Trop lourds, ils étaient incapables de décoller en battant des ailes, mais ils s'élançaient d'une hauteur et profitaient des courants d'air chaud pour s'élever.

– Il aura du mal à se libérer !

Le reptile poussa un nouveau hurlement de douleur, de peur, de colère.

Je murmurai doucement :

– Pauvre petit ! N'aie pas peur, je vais t'aider !

Volt m'avertit :

– Prudence, Geronimo ! Un animal blessé est toujours **DANGEREUX** !

Lentement, je m'avançai pour aller couper les branches épineuses. Un coup de couteau... zac !

Sa patte était libre, et il la secoua, incrédule.

Il me fixa pendant un instant qui parut une éternité, puis, en quelques bonds agiles, il sauta au sommet d'un eucalyptus, s'élança et, profitant d'un courant aérien, s'envola.

il s'envola

il s'envola

il s'envola

GE-GE-GERONIMO...
UN TYRANNOCHOSE !

Nous repartîmes le lendemain à l'aube.
Je m'aperçus que quelqu'un nous suivait depuis les airs : c'était le quetzalcoatlus que j'avais sauvé !
Je lui fis coucou de la patte, et le reptile plongea en piqué, comme pour me saluer.

Puis il repartit en planant.

Traquenard chicota :
– Une petite devinette très facile pour toi, Geronimo. C'est un test d'intelligence, je te le dis pour te mettre à l'aise !

Feuille de fougère

Les fossiles sont des restes de plantes ou d'animaux qui ont vécu il y a des millions d'années. Avec le temps, ils se sont transformés en rochers qui ont conservé leur empreinte. Les fossiles sont précieux, car ils permettent aux scientifiques de reconstituer les milieux préhistoriques.

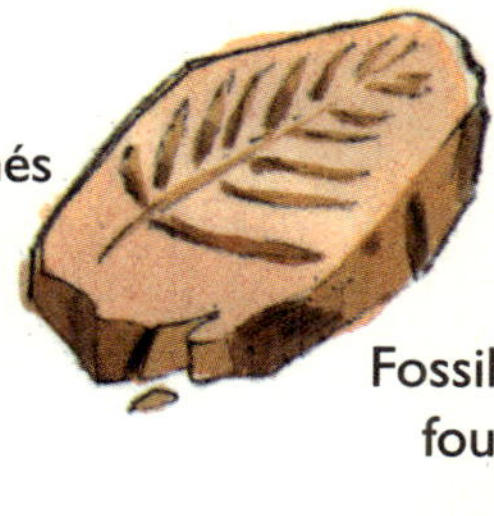

Fossile de fougère

Un type se lève le matin. Au moment où il va prendre ses chaussettes, l'ampoule grille et la pièce est plongée dans l'obscurité. Le type ouvre un tiroir où sont rangées des chaussettes noires et blanches, et fouille à tâtons... Quel est le nombre minimum de chaussettes qu'il doit emporter pour être certain d'avoir pris au moins une paire de la même couleur ?

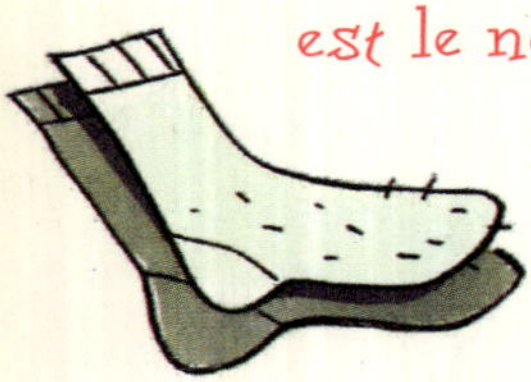

Je réfléchis :

– Hummm, euh, je... ah, je ne sais pas !

– J'étais sûr que tu ne le savais pas ! *Na na na nanère, t'es bête comme un camembert ! La réponse, la voici... taratataratatarata !*

Il suffit d'en prendre trois !

C'est incroyable, tu ne sais jamais répondre, Geronimo ?

Mes moustaches se tortillaient d'exaspération.

– Dans ce cas, ne me pose plus de questions !

Il ricana :

– Au contraire, je vais te poser une autre devinette, cousin. Tu es prêt ?

Je ne répondis rien. J'observais un petit dinosaure aux écailles brillantes. Il avait de longues griffes acérées, des yeux mauvais. Un autre surgit derrière un bouquet de fougères. Puis un troisième, et d'autres encore.

Saisi d'un doute terrible, j'attrapai le MANUEL et le feuilletai frénétiquement.

Avec horreur, je fixai une page et lus :

– « *Dromaeosaurus : petits dinosaures carnivores qui chassent en bandes.* »

Traquenard haussa les épaules.

– Mais non, ce sont de mignons petits bébés. Tu es toujours aussi trouillard, cousin ! Je vais te montrer. Petit petit petit, approche de tonton Traquenard !

Il tendit un morceau d'omelette au petit dinosaure.

Celui-ci renifla l'omelette...

... mais préféra mordre à pleines dents dans un doigt de Traquenard, qui cria :

Aiiiiiiiiiiiiiiiiiiiiiiiiiiiiiiiiiiiiiiiiiiiiiiiiiiiiiiiiiiiiiiiiiiiiiiiiiiiiie !

J'attrapai un os et le fis tournoyer en l'air.

– En arrière ! Nous vendrons chèrement notre pelage !

Traquenard hurla :

– Avancez, ce soir on va manger des boulettes de dinosaure !

Nous lançâmes le cri de guerre de l'île des Souris.

– Scouittiriscouit !

Les reptiles attaquèrent tous ensemble et jetèrent Traquenard à terre. Ils plantèrent dans son mollet leurs crocs pointus comme ceux des piranhas, et je ne sais pas comment ça se serait terminé si je n'étais pas arrivé en brandissant l'os :

– Fichez le camp ! Ouuuuuuuste !

Les dromaeosaurus, surpris, reculèrent et prirent la fuite.

Je me lissai la queue, satisfait.

– *Hé héé hééé,* vous avez fini par comprendre qui commandait, ici, hein ! Allez, disparaissez, où je vous écrabouille la queue !

Traquenard, blême, balbutia :

– Ge-Geronimo...

– Qu'y a-t-il, cousin ?

– Geronimo... le ty-ty-tyrannochose...

Je brandis fièrement mon os.

– Ne t'inquiète pas, Traquenard, je te défendrai !

Il hurla :

– Derrière toiiiiiiii !

Je me retournai et me retrouvai face à face avec un

TYRANNOSAURUS REX !

PRÉHISTOIRE

TYRANNOSAURUS REX

Famille : Tyrannosauridés

Dimension : 15 mètres de long

Carnivore – Fin du crétacé

Répartition : Amérique du Nord

Signes particuliers : son nom signifie « le roi des reptiles ». Crâne gigantesque, pattes avant très courtes. Mâchoire robuste, longues dents aux bords crénelés.

BRRRRR, J'AI LE VERTIGE !

Du haut d'un eucalyptus, Benjamin cria :

– Le tyrannosaurus rex est carnivore, tonton, sauve-toiiiii !

Je courus, je courus, je courus à perdre haleine.

Le bruit de ses grosses pattes martelant le sol résonnait lugubrement dans la forêt.

BOUM BOUUM BOUUUM !

Le tyrannosaurus était trop gros : je ne pourrais pas le vaincre par la force, mais seulement par la *ruse* !

J'essayai de réfléchir, mais il est bien difficile de penser quand on est poursuivi par un dinosaure affamé !

Enfin, j'eus une idée. Devant moi s'ouvrait un précipice très profond, traversé par une fine langue de roche. Elle pouvait supporter mon poids... mais peut-être s'écroulerait-elle sous celui du tyrannosaurus !

Je continuai à courir, essayant de ne pas regarder le vide en dessous. Brrrrrr, j'ai le vertige !

Scouit !
Boum !
Boum !

Parvenu de l'autre côté, je me retournai : la roche s'était émiettée sous le poids de l'énorme reptile, qui tomba dans le vide en rugissant.

Je regardai en bas : je vis un nuage de poussière qui s'élevait là où le tyrannosaurus avait atterri.

Mais comment retourner près des miens ? J'étais désespéré..., soudain j'entendis un battement d'ailes : c'était le quetzalcoatlus. Je le suppliai :

– Emmène-moi de l'autre côté, je t'en prie !

Il me fit monter sur ses ailes et, en planant légèrement dans le ciel, il me ramena sain et sauf auprès de mes amis.

Je l'embrassai très fort, ému.

– Merci, mon ami ! Voilà le ***secret*** de la véritable amitié : s'aider à tour de rôle et pouvoir toujours compter l'un sur l'autre !

LES BRUITS DE LA FORÊT PRÉHISTORIQUE

La nuit était tombée. Pendant que Volt soignait la patte blessée de Traquenard, Téa, experte en survie, dénicha une caverne.

– Nous passerons la nuit ici. Le vent souffle du nord, le tyrannosaurus ne sentira pas notre odeur !

Ma sœur frotta deux silex l'un contre l'autre, produisant une étincelle qui enflamma une feuille sèche. Elle ajouta de l'écorce et des brindilles, puis des branches plus grosses, jusqu'à ce qu'elle obtienne de la braise.

Elle choisit cinq branches en forme de fourchette, puis tailla dans le bois une cuillère pour chacun de nous.

Enfin elle enroula

sur elles-mêmes des feuilles épaisses et charnues, dans lesquelles (bizarre, mais vrai) elle ferait bouillir de l'eau.

Je me proposai pour prendre le premier tour de garde.

Tandis que tout le monde dormait, je restai seul éveillé dans la **nuit** obscure. La caverne ressemblait à une bouche ouverte, et le feu projetait sur les parois des ombres menaçantes.

Les oreilles tendues, j'écoutais les bruits de la forêt. Le cri cocasse du ptérodactyle, l'appel amoureux du parasaurolophus, le rugissement féroce du tyrannosaurus.

QUELLE PEUR, QUELLE FROUSSE, QUELLE TROUILLE !

Saurions-nous survivre dans cette **SAUVAGE** forêt pluviale du crétacé ?

Je frissonnai et serrai dans mes pattes un os de giganotosaurus. Une chose était sûre : j'étais prêt à vendre chèrement mon pelage !

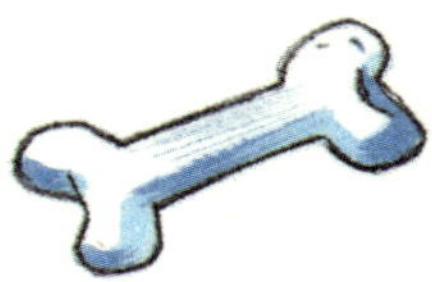

LES PREMIÈRES AILES DANS LE CIEL

Une autre journée s'écoula. Sous la direction de Volt, nous recueillîmes des échantillons de roches, photographiâmes plantes et animaux, prîmes de précieuses notes. Vers le soir, le professeur nous indiqua un volatile recouvert de plumes qui brillaient au soleil.

PRÉHISTOIRE

ARCHÉOPTÉRYX
Famille : Archaeornithes
Dimension : 60 cm d'envergure
Carnivore – Jurassique
Répartition : Europe
Signes particuliers : il avait le corps recouvert de plumes, comme les oiseaux, mais possédait des dents, des griffes et une longue queue, comme les petits dinosaures carnivores.

– C'est l'archéoptéryx, le plus vieil oiseau de l'histoire.

Traquenard demanda :

– Prof, comment se fait-il que nous n'ayons pas encore rencontré de mammouths ?

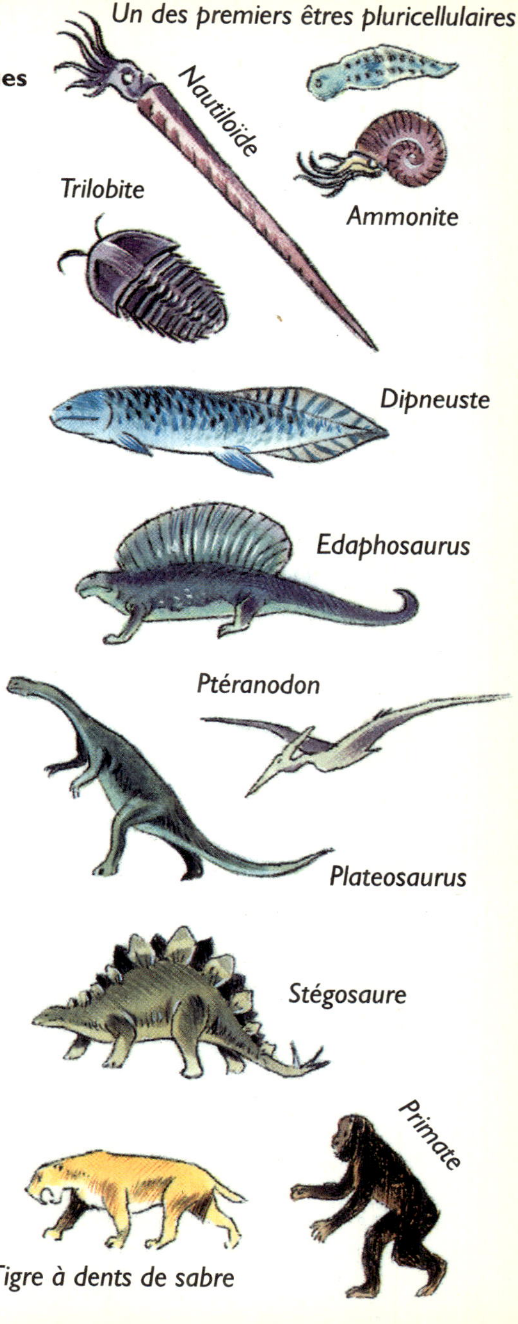

**Évolution de la vie :
des premières formes apparues dans la mer aux primates.**

– Les mammouths sont apparus bien plus tard ! Mais à présent, je dois faire une annonce : nous avons recueilli suffisamment d'informations et nous pouvons considérer que notre mission dans la préhistoire est terminée. Nous pouvons repartir demain matin : je propose de décider à patte levée !

Tout le monde leva la patte.

Traquenard déclara :

– Messieurs les rongeurs et... mademoiselle la rongeuse ! Moi aussi, j'ai une annonce à faire ! Pour fêter le fait que le *Plus Grand Cuisinier du Monde* (vous l'avez reconnu, c'est votre serviteur) soit encore sain et sauf, je préparerai ce soir un **menu spécial préhistoire**, à s'en lécher les moustaches ! Préparez votre ventre... moi, je m'occupe du reste !

Il donna une liste à Téa.

– Tiens, toi qui es une fille, va faire les courses : j'ai marqué les ingrédients dont j'ai besoin !

Téa lut en marmonnant :

– « Escargots... arbre à pain... mollusques... esturgeon... algues... cœurs de palmier... figues »

Puis elle s'écria :

– Ah non, pas question ! C'est trop facile ! C'est parce que je suis une fille que tu te permets de me donner des ordres, **TÊTE DE REBLOCHON ?**

Traquenard répondit en hurlant :

– Non mais, voyez-vous ça ? Je mets le couvert, je débarrasse la table, je cuisine tous les jours, et tu ne fais même pas l'effort d'aller me chercher un petit escargot, un esturgeon de rien du tout, un minuscule cœur de palmier ! Si je m'écoutais, ce soir, je me mettrais en grève, voilà !

Volt essaya de calmer les esprits :

– Téa, vous qui êtes une dame, vous n'allez pas vous abaisser à des querelles indécentes... Traquenard, personne n'a mis en doute votre habileté culinaire...

Mais les deux cousins se chamaillaient déjà.

UN CRÉPUSCULE AU CIEL ROSE

J'essayai de les séparer, mais le seul résultat fut que je perdis un bouton de ma veste et me tordis un poil de moustache.
Je criai :
– Asseeeeeeez ! C'est moi qui vais les faire, ces courses !
Ce fut immédiat : ils arrêtèrent de se bagarrer.

– Vraiment, c'est toi qui t'en charges, Geronimo ?
– Bon, eh bien, si c'est Geronimo qui s'en occupe...
Patte dessus, patte dessous, ils se dirigèrent vers le lac.
– Dans ce cas, on va prendre un bain. Salut, à ce soir !
Je soupirai, pris la liste et me dirigeai vers la forêt.
Pourquoi fallait-il toujours que ce soit moi qui écope des corvées ?
Mais, pour la paix de ma famille, j'étais prêt à tout.

PRÉHISTOIRE

SALTASAURUS
Famille : Titanosauridés
Dimension : 12 mètres de long
Herbivore – Fin du crétacé
Répartition : Amérique du Sud
Signes particuliers : il avait un corps cuirassé, recouvert de plaques osseuses.

Tandis que je ramassais des escargots et récoltais des algues (un travail très pénible, j'avais le dos en compote), je remarquai un dinosaure au cou interminable. C'était un saltasaurus.

Je compris tout de suite qu'il était herbivore, car il grignotait d'un air gourmand les bourgeons les plus tendres

d'un immense peuplier. J'entendis quelqu'un murmurer derrière moi :

– C'est splendide, n'est-ce pas ? Ah, la nature, quelle artiste !

Je sursautai.

C'était Volt, qui sourit sous ses moustaches.

– Mon cher Geronimo. Je vais vous aider, et je vous parlerai d'un sujet qui me tient à cœur, l'EXTINCTION...

» Une espèce s'éteint *si les individus qui meurent sont plus nombreux que ceux qui naissent.* Nombreuses sont les espèces qui se sont éteintes dans le passé, tels les dinosaures. Mais, aujourd'hui encore, bien des animaux, comme les tigres, les baleines ou les pandas, sont en danger. Les causes de l'extinction sont la destruction du milieu naturel, la chasse, la pollution...

Assis sur la rive du lac, nous retroussâmes les bas de nos pantalons et fîmes faire trempette à nos pattes.
Un lac préhistorique, un crépuscule au ciel rose, deux amis sincères.
Scouiiiiiiiiiiiiiit...
Que peut-on désirer de plus dans la vie ?

LE PLUS GRAND CUISINIER DU MONDE

Je rapportai les ingrédients à Traquenard, qui s'approcha du feu en s'appuyant sur la béquille que Téa lui avait taillée dans une branche. Cependant, il chantonnait :

miam miam miam miam miam miam

miam miam miam miam

Un vrai cuistot n'a pas plus besoin de fourneaux

Qu'une chauve-souris n'a besoin de vélo !

Un vrai cuistot sait toujours s'arranger

Pour qu'il y ait des bonnes choses à manger !

Laissez-moi faire, je prépare un régal.

Vous, contentez-vous d'avoir la fringale !

miam miam miam miam

miam miam miam miam miam miam

Il chassa un petit compsognathus, qui était venu fureter pour voler de la nourriture.

Mais il finit par s'attendrir et lui lança un morceau d'esturgeon.

– Attrape, c'est pour toi ! Tu as bien le droit de faire la fête aussi ce soir !

Le dîner fut *splendide*.

Je n'aurais jamais imaginé pouvoir manger autant de caviar préhistorique !

Repus et comblés, nous allâmes nous coucher.

Mais, à cinq heures du matin...

PRÉHISTOIRE

COMPSOGNATHUS

Famille : Compsognathidés

Dimension : 6 mètres de long

Carnivore – Fin du jurassique

Répartition : Europe

Signes particuliers : son nom signifie « mâchoire élégante ». C'était le plus petit des dinosaures.

Il picorait comme les poules et se nourrissait de vers et de lézards.

la terre trembla

la terre trembla

la terre trembla

la terre trembla

la terre trembla !

la terre trembla !...

Une pluie de pierres enflammées

Je me réveillai en sursaut et vis le ciel zébré par une pluie de météorites.

Volt cria :

– Les météorites : voilà pourquoi les dinosaures se sont éteints !

Tout autour de nous, c'était le chaos. Des troupeaux de dinosaures terrorisés galopaient dans la forêt, abattant les buissons et les arbres sur leur passage.

– Il est temps de partir pour l'Égypte, où nous chercherons à savoir comment a été construite la pyramide de Chéops !

D'une patte tremblante, Volt programma :

Un météorite tomba juste à côté de nous et la terre trembla dangereusement.
Je trébuchai et posai la patte sur une matière noirâtre, malodorante et glissante.
Quand je compris ce que c'était, il était trop tard.
– De la crotte de dinosauuuuure !
Je fis un triple saut mortel et retombai au beau milieu du tas puant.
Benjamin cria :
– Résiste, tonton !
Téa hurla :
– On va te sortir de là, frérot !
Traquenard ricana :
– Allez, cousin, ton heure n'est pas encore arrivée !
Ils me saisirent par la queue et commencèrent à tirer.
Je sortis de là avec un bruit de succion. Plop !
Pour me laver, mon cousin me jeta un seau d'eau glacée sur le museau. Splash !
Je pleurnichai :
– Je veux rentrer à la maisooooon !
Le professeur essaya de me consoler :
– Geronimo, je vais vous raconter une curiosité.

Savez-vous que... *en un jour, un gros dinosaure herbivore peut rejeter jusqu'à une tonne de crottes ?*

Mon cousin sauta dans la capsule.

– En voiture ! Et vite ! *Scouit,* je n'ai pas envie de m'éteindre, moi non plus !

Volt appuya sur le bouton de départ.

– Dans 60 secondes, nous serons en Égypte !

Traquenard marmotta :

– J'espère au moins que, là, on trouvera des trucs précieux à rapporter, je ne sais pas, des monnaies en or, des bijoux, des trésors en tout genre, sinon à quoi ça sert d'aller là-bas ?

Le vaisseau se mit à vibrer et se remplit d'un brouillard bleuté...

BANGGGGGGGGGGGGGGGG !!!

Le vaisseau se mit à vibrer et se remplit d'un brouillard bleutéééééééééééééééé...

ÉGYPTE

VIE DANS L'ÉGYPTE ANTIQUE

La civilisation égyptienne naît au cours du IVe millénaire av. J-C. En 3000 av. J.-C., le légendaire roi **Ménès** unifia les tribus et commença la première des trente dynasties égyptiennes.

Après chaque crue, il fallait délimiter de nouveau les contours des champs.

Cette civilisation créa une des premières formes d'écriture et inventa un calendrier perfectionné. La sculpture, la poésie, l'architecture, les mathématiques, la géométrie et la médecine atteignirent un excellent niveau.

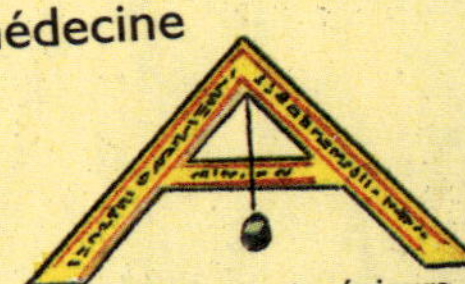

Fil à plomb des ingénieurs égyptiens

Pourquoi une civilisation si évoluée apparut-elle justement en Égypte ? Parce que ce pays était traversé par le fleuve **Nil**, dont les crues périodiques fertilisaient la terre qu'elles recouvraient d'une boue précieuse, le **limon**.

Le chadouf était un système d'irrigation des champs.

HYMNE À OSIRIS

GLOIRE À TOI, Ô OSIRIS,
PRINCE DE L'ÉTERNITÉ.
PAR TOI, LES EAUX
S'ÉCOULENT,
PAR TOI SOUFFLENT
LES VENTS DU SOIR.
LES CIELS ET LES ÉTOILES
T'OBÉISSENT.
PAR TOI S'OUVRENT
LES PORTES ÉTERNELLES...
LES ÉTOILES IMPÉRISSABLES
S'INCLINENT DEVANT TOI,
ET TU AS TA DEMEURE DANS
DES ASTRES
QUI NE SE REPOSENT
JAMAIS.
DANS TOUTES LES TERRES,
TU ES CRAINT,
LES PEUPLES EXALTENT
TON NOM
AU-DESSUS DE TOUS LES
AUTRES !

Le Nil est le plus long fleuve de la terre (6 671 kilomètres avec sa première branche, la Kagéra). Il se jette dans la mer Méditerranée par un delta de 23 000 mètres carrés.
Le Nil connaissait trois saisons :
Akhet (« l'inondation ») ;
Peret (« la saison de la germination ») ;
Chemou (« le temps de la récolte »).
L'historien Hérodote disait :
« L'Égypte est un don du Nil. »

QUATRE SOURIS À L'OMBRE DU SPHINX

J'introduisis les bouchons dans mes oreilles, serrai les dents et fermai les yeux. *Banggggggg !*

Enfin, le RATONAUTILUS s'immobilisa.

Je tendis l'oreille, mais n'entendis aucun bruit.

Très trèèès lentement, nous ouvrîmes le hublot...

Volt s'écria : – Ooooooooooooh !!!

Je m'écriai : – Ooooooooooooh !!!

Téa s'écria : – Ooooooooooooh !!!

Benjamin s'écria : – Ooooooooooooh !!!

Traquenard s'écria : – Waouuuuuuuuuh !!!
Autour de nous, le désert égyptien : une mer de sable doré fin comme de la poudre, que le vent avait doucement modelé en dunes aux contours souples.
Le soleil qui montait à l'horizon teignait d'une **nuance roseé** les pyramides et le Sphinx.
Benjamin s'exclama, stupéfait :
– Regardez, les pyramides sont blanches, et leur pointe est dorée ! Et le Sphinx ! Il est peint de toutes les **couleurs** !
J'écrivis dans mon journal : *« 16 juillet 1280 av. J.-C., 5 heures 47 : nous sommes à Guizèh, dans le désert égyptien. »*

Le pharaon disposait de pouvoirs absolus et était considéré comme le fils du dieu Soleil.

Il portait deux couronnes, une blanche et une rouge, symboles de la haute et de la basse

Ainsi était composée la société égyptienne.

Le professeur fouilla dans sa poche et en sortit de minuscules vêtements :

– Voici ce que nous allons porter en Égypte ! J'ai fait subir à ces habits un traitement de miniaturisation spéciale. Nous allons à présent leur rendre leur taille normale.

Il sortit encore un flacon de sa poche et, à l'aide d'un compte-gouttes, vaporisa une gouttelette de liquide TRANSPARENT... En un instant, le petit vêtement se gonfla, se transformant en une robe de lin plissé, complété par une perruque. Volt le tendit à Téa, puis lui offrit un coffret de bois doré.

Téa l'ouvrit, ravie : il contenait de précieuses essences parfumées et des pots d'albâtre remplis de produits de maquillage.

Après s'être habillée, Téa se maquilla les yeux.

Elle ressemblait vraiment à une ÉGYPTIENNE DE L'ANTIQUITÉ !

Je notai que Traquenard introduisait dans sa besace un mystérieux sachet de *soie noire*.

Que pouvait-il bien contenir ?

Le professeur se tapa du plat de la patte sur le front.

– J'allais oublier une chose très importante !

Il sortit de sa poche un minuscule écouteur.

– C'est le **RATOSCOUIT**, un traducteur de mon invention. Il traduit instantanément tout ce que vous entendrez et tout ce que vous direz !

Traquenard fourra le Ratoscouit dans une oreille, en bougonnant :

– Baaah, ça ne marche pas ! Je n'entends rien !

ÉGYPTE

MAQUILLAGE

Les Égyptiens se maquillaient les yeux (avec un mélange de plomb, d'argent et d'huile), pour des raisons esthétiques mais aussi pour se protéger des rayons du soleil et des infections. Certains portaient sur leur tête un cône de cire qui fondait lentement à la chaleur en dispensant un parfum intense. Pour eux, l'hygiène était très importante, et ils se lavaient souvent.

Volt soupira :

– Mais vous devez commencer par l'allumer !

Traquenard le mit en route.

– Undeuxtroisçamaaaaaaarche ! Geronimoooooo ! Tu m'entends ? Hein ? Tu m'enteeeeeeeends ?

– Écoutez…, dit Téa tout bas.

J'entendis un chant lointain.

NOTRE JOURNÉE SERA LONGUE,
ET NOTRE TRAVAIL FATIGUANT…
C'EST MAÂT QUI LE VEUT.
MAIS NOTRE FIERTÉ EST IMMENSE,
CAR NOUS CONSTRUISONS
LE TEMPLE DE RÊ,
LE SEIGNEUR DU SOLEIL,
CELUI QUI NOURRIT LA TERRE DE LUMIÈRE…
C'EST MAÂT QUI LE VEUT !

C'était une équipe d'ouvriers qui se rendaient au travail. Je murmurai, ébahi :

– Incroyable ! Je comprends l'égyptien ancien !

Benjamin demanda :

– C'est quoi, Maât, professeur ?

– *Maât* est l'ordre divin. Pour les anciens Égyptiens, tout le monde se plie à la loi de l'ordre universel et de l'harmonie. *Amon* iest le dieu du Soleil, que les Égyptiens adoraient également sous d'autres noms : *Aton, Rê.*

Nous dissimulâmes le RARTONAUTILUS dans un creux du sable et le recouvrîmes avec des palmes, puis nous nous mîmes au travail.

Téa prit des photos, moi des notes ; le professeur, aidé de Benjamin, recueillit des échantillons de sable et les enferma dans des enveloppes de plastique qu'il scella.

Cependant, Traquenard, allongé À L'OMBRE DU SPHINX piquait un petit roupillon.

Au bout d'une heure, nous avions fini.

Mon cousin s'étira.

– Où mange-t-on ? Sans mon cappuccino du matin, j'ai du mal à carburer.

Soudain, nous entendîmes un bruit. Rapides comme des rats, nous courûmes nous cacher derrière la grande pyramide de Chéops.

… la grande pyramide de Chéops…

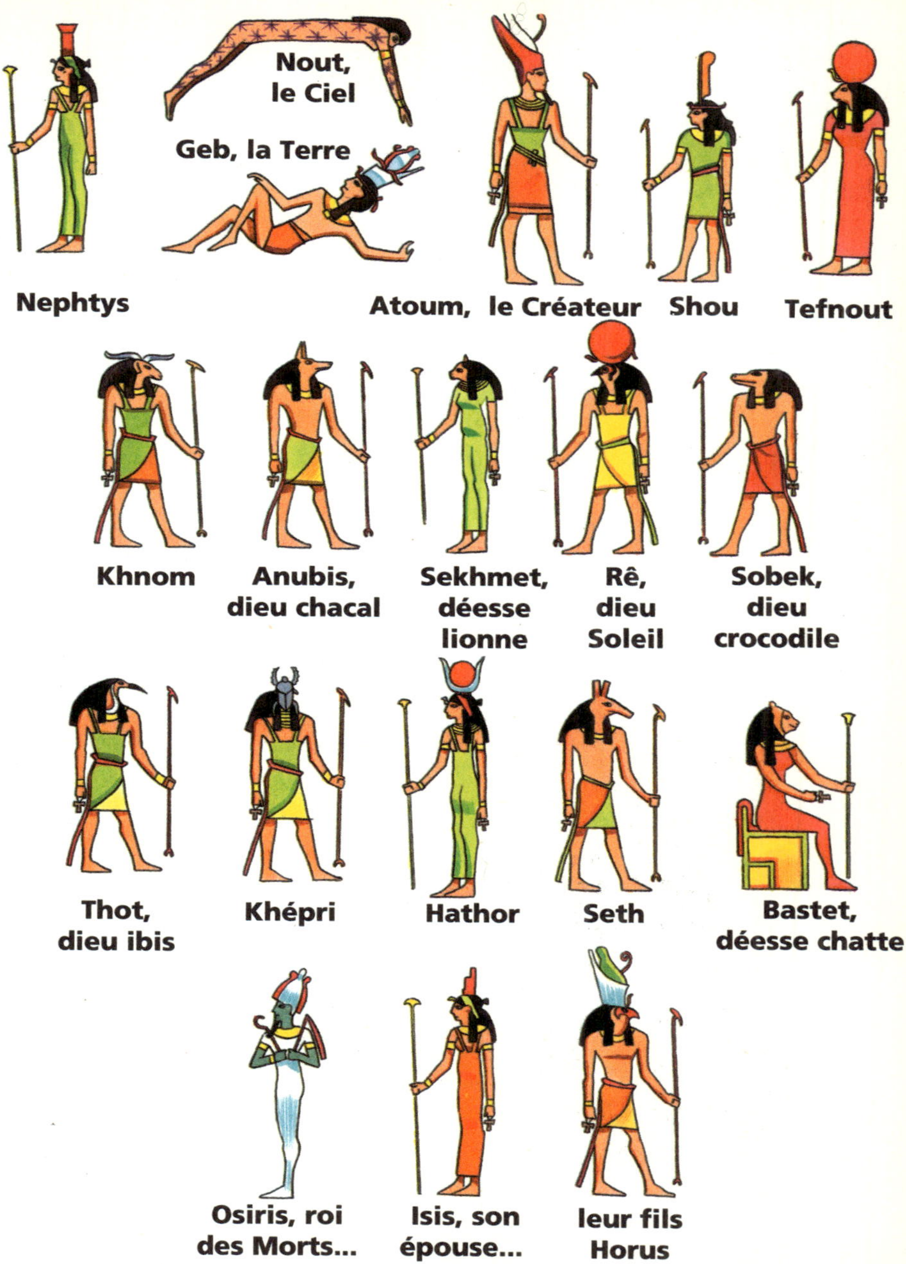

Nout,
le Ciel
Geb, la Terre
Nephtys
Atoum, le Créateur
Shou
Tefnout
Khnom
Anubis,
dieu chacal
Sekhmet,
déesse
lionne
Rê,
dieu
Soleil
Sobek,
dieu
crocodile
Thot,
dieu ibis
Khépri
Hathor
Seth
Bastet,
déesse chatte
Osiris, roi
des Morts...
Isis, son
épouse...
leur fils
Horus

CAPTUREZ CES RONGEURS…

Alors apparut un interminable cortège de soldats qui escortaient une chaise à porteurs dorée. Un serviteur s'écria :

– Faites place au grand vizir ! Faites place au noble Rathotep !

Les rideaux s'écartèrent, et j'entrevis une souris grassouillette, au museau rusé et au regard fuyant.

Sur son vêtement de lin blanc brillait un collier de lapis-lazuli orné d'un gros scarabée d'or ; sur la tête, il portait une perruque noire tissée de fils d'argent et de perles, et sur sa queue étaient enfilés des anneaux précieux.

Il ordonna aux porteurs de poser la chaise par terre. Un serviteur se précipita pour lui mettre aux pattes une paire de sandales dorées.

Cependant, Rathotep grappillait des raisins d'un air gourmand.

Mon cousin sortit un chewing-gum à l'ail et l'agita sous mon museau.

– Tu en veux un ?

J'éternuai.

– PAR MILLE MIMOLETTES ! Tu sais bien que je suis allergique à l'ail... atchoum !

Le grand vizir m'avait entendu.

– Par le scarabée Barnabé écrabouillé, capturez ces rongeurs, ce sont des pilleurs de tombes. *Écrivez, scribe !*

Un scribe du nom de Ger-o-glyf s'écria :

– *J'ai écrit, chef !*

Les soldats nous entourèrent, en nous menaçant de leur lance. Traquenard bougonna :

– Zut, j'ai sauté le petit déjeuner ! Ça commence bien...

RAMSÈS ! RAMSÈS ! RAMSÈS !

Après une marche dans le désert qui nous parut interminable, le chef des gardes nous escorta jusqu'au palais royal de Memphis.

Il me poussa à l'intérieur en me piquant la pointe de sa lance dans l'arrière-train.

– Incline-toi devant le pharaon !

Tout au fond d'une salle décorée de splendides peintures,

EGYPTE

RAMSÈS LE GRAND (règne de 1304 à 1236 av. J.-C.)

Son nom s'écrit parfois Ramesses.

Il était grand, avait le nez aquilin, boitait et avait des abcès aux gencives. Il construisit plus de monuments que tout autre pharaon. Son père, Séti, l'emmenait sur les champs de bataille pour qu'il devienne un grand guerrier ; il combattit les Hittites à la bataille de Qadesh. Il mourut à 96 ans. Il eut 160 enfants et 200 épouses, mais celle qu'il aima le plus fut Néfertari. C'est sous son règne que Moïse fit sortir les Hébreux d'Égypte et qu'il les conduisit, à travers le désert, jusqu'en Terre promise.

« Ramsès » en hiéroglyphes

je vis un trône d'or où était assis un grand rongeur sec, à la mine hautaine, au museau crochu et aux yeux fiers comme ceux d'un rapace... RAMSÈS !
Deux immenses souris de Nubie, au pelage sombre comme la nuit, le rafraîchissaient en agitant des éventails de plumes d'autruche.

Le pharaon portait une double couronne, rouge et blanche, symbolisant sa domination sur la haute et sur la basse Égypte, et il tenait fièrement dans la patte un sceptre d'or.

À son côté était NÉFERTARI, la première épouse royale. Comme elle était belle ! Il lui lança un regard plein d'orgueil : il devait être très amoureux d'elle. Près du couple royal se tenait leur fille, Meryetamon, qui portait dans les bras un bébé enveloppé dans une couverture brodée d'or. Je savais qui était ce bébé : **Moïse**, dont le nom signifie en égyptien « sauvé des eaux ».

Meryetamon et le petit Moïse

Le sarcophage du grand vizir

Le grand vizir s'inclina (avec peine, à cause de son gros ventre) devant Ramsès et couina :

– Honneur à toi, pharaon. **Ankh Uja Seneb!***

Puis il ordonna à Ger-o-glyf :

– *Lis, scribe !*

Le scribe lut à haute voix :

Ô GRAND PHARAON  FILS DU SOLEIL  ORGUEIL DE RÊ  CES CINQ RONGEURS  SURPRIS DERRIÈRE LA PYRAMIDE DE CHÉOPS 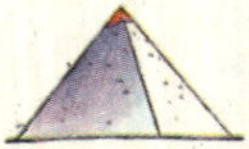 SONT D'ABOMINABLES VOLEURS DE MOMIES !  DONNONS-LES À MANGER AUX CROCODILES  SACRÉS !

* *Vie Force Santé !*

Le pharaon nous fixa d'un **REGARD DE FEU**, puis murmura, d'une voix profonde qui me fit **FRISSONNER** :

– Est-ce bien la vérité ?

Volt s'avança d'un pas et s'inclina :

– Noble Ramsès, nous sommes *innocents !*

Le grand vizir eut un ricanement perfide :

– Innocents ? Ils disent tous ça ! Aux crocodiles ! *Tu as écrit, scribe ?*

Le scribe gloussa :

– *J'ai écrit, chef !*

Mais le pharaon leva une patte.

– Si vous n'êtes pas des pilleurs de tombes, qui êtes-vous donc ?

Volt reprit :

– Noble Ramsès, nous sommes des voyageurs venus de loin. Nous connaissons d'innombrables secrets, d'innombrables **MYSTÈRES !**

EGYPTE

FEMMES

Elles jouissaient d'une grande liberté : elles pouvaient travailler et choisir leur époux. Il y eut même un pharaon femme, Hatshepsout (XVIIIe dynastie), qui régna à la place de son beau-fils, Thoutmosès III. En égyptien, ce hiéroglyphe (représentant une silhouette masculine et une féminine de même valeur) signifie : « humanité ».

Trompettes
Le repas
du pharaon
Rouleaux de papyrus
Musiciennes
Danseuses
Scribe
Grand
vizir
Bassin

Esclaves nubiens
Néfertari
Ramsès II
Garde

Néfertari poussa un cri :
– Mais alors, vous êtes des **mages** !
Traquenard sauta sur l'occasion et se jeta aux pieds du trône.
– Ô belle d'entre les belles, oui, nous sommes des mages… et de sacrés mages !
Il plongea la patte dans son mystérieux sachet de soie noire et jeta sur ses épaules un manteau à la doublure écarlate. Il claqua des pattes et, aussitôt, une colombe blanche apparut et alla se poser sur l'épaule de Néfertari
– **Par le bronzage d'Isis la Belle**, murmura la reine, éblouie.
Traquenard tenait maintenant dans la patte gauche un cylindre d'où dépassaient les oreilles d'un lapin blanc.

Il marmonna :

– Rentre là-dedans, toi, je ne t'ai pas encore sifflé !
Voilà donc ce que contenait le sachet de soie : tout le nécessaire pour un **spectacle de magie** !
Mon cousin cria à tue-tête :
– *Approchez, approchez, grands et petits ! Vous allez assister aux assourissants tours de prestidigitation de l'unique, de l'inimitable Traquolik, le mage venu du pays lointain ! Il fera disparaître mystérieusement des objets, en fera apparaître d'autres et sciera en plusieurs morceaux les volontaires les plus inconscients, enfin enfin enfin euh, les plus courageux !*
Il passa un mouchoir devant le sceptre en or du pharaon et le fit disparaître… six soldats se jetèrent sur lui… mais Traquenard le fit reparaître.
– Et hop !
Il y eut un moment de silence dramatique.
Ramsès éclata de rire :
– Hi hi hiiii !

Tout le monde rit avec lui :

– Hi hi hiiii !

Traquenard cria :

– J'ai besoin d'une caisse, ou plutôt je l'ai déjà trouvée !

Il traîna jusqu'au trône un *sarcophage* resplendissant d'or et de pierreries.

– Vous allez assister à un spectacle **U-NI-QUE** !

Le grand vizir protesta :

– Eh, toi, fais attention avec ce sarcophage, c'est le mien ! C'est très précieux !

Mais Ramsès eut un geste impérieux.

Le grand vizir pleurnicha :

– *Sapristilamomie,* ce sarcophage m'a coûté plus de 3 200 *deben*… snif, *écris, scribe !*

Le scribe écrasa une grosse larme.

– *J'ai écrit, chef !*

Traquenard annonça :

– *Mesdames messieurs, je vais maintenant scier*

mon cousin en 2, que dis-je ?, en 3, mais non, en 4, voire en 16 morceaux, si je suis en forme !
J'en eus des sueurs froides.
– **Scouit,** pourquoi moi ?
Traquenard me tira par la queue.
– Allez allez allez, c'est toi qui as le rôle le plus facile !
Puis il me fit un croche-patte et m'enferma dans le sarcophage.
– Scouiiiiiit ! hurlai-je. J'ai peur des espaces clos, je souffre de **CLAUSTROPHOBIE** !
Mon cousin ricana :
– À vos marques, prêts, partez ! Plus vite on s'y mettra, plus vite on aura fini !
Il commença alors à scier, en sifflotant.
– Du calme, Geronimo, j'ai déjà fait ce tour des dizaines de fois, ça marche...
PRESQUE TOUJOURS !
Il continua de scier.
Quelques secondes plus tard, il annonça joyeusement :

– *Et voilà!* J'ai coupé mon cousin en rondelles !

Je me tâtai les oreilles, la queue et le moindre osselet : j'étais encore entier !

Traquenard ouvrit le sarcophage, et je bondis au-dehors, pâle comme un CAMEMBERT.

La cour du pharaon applaudit à tout rompre.

– Bravoooo ! Bis ! Bis !

– Non, je vous en supplie !

Je tombai à la renverse et m'évanouis.

– M-mais co-comment as-tu fait ? demandai-je à mon cousin.

– C'est un secret. Tu connais Houdini, le plus célèbre magicien de tous les temps ? Eh bien, je crois que s'il était ici, il m'appellerait *Maître !*

Benjamin m'embrassa.

– Mon petit tonton, tu vas bien ?

– J'en aurai des choses à raconter, si je rentre vivant à Sourisia... murmurai-je, tout tourneboulé, en me tamponnant les moustaches pour essuyer la sueur glacée.

Le grand vizir pleurnicha :

– Mais, Ramsès, qui va réparer mon sarcophage ?

Le pharaon siffla entre ses dents :

– Tais-toi, ne dérange pas le puissant mage venu de loin !

Traquenard fit la nique au vizir.

– C'est bien fait, gros ventre, ne dérange pas le Puissant Mage Venu de Loin, na !

Rathotep ferma les yeux à demi, et je l'entendis marmonner :

– Par les éléphants puants d'Assouan, ils ne perdent rien pour attendre. *Écris, scribe !*

Le scribe frissonna.

– *J'ai écrit, chef !*

LE SECRET DES HIÉROGLYPHES

L'écriture des Égyptiens était composée d'**idéogrammes** (dessins représentant des notions) et de **phonogrammes** (dessins représentant un son). En voici quelques exemples :

On appelle ces signes des **hiéroglyphes**. Il en existait plus de 700. Écrire était difficile, et ceux qui savaient le faire (les **scribes**) jouissaient d'une grande autorité. Ce n'est qu'en 1822 que le Français **Jean-François Champollion** parvint à déchiffrer les hiéroglyphes grâce à la **pierre de Rosette**, une dalle sur laquelle était gravé un même texte en trois écritures différentes : hiéroglyphes, démotique et grec. En partant du grec, langue qu'il connaissait, Champollion réussit enfin à décoder cette mystérieuse écriture...

Pierre de Rosette

Scribe au travail

En égyptien, Geronimo s'écrit ainsi :

Essaie, toi aussi, d'écrire ton prénom en hiéroglyphes !

ALPHABET ÉGYPTIEN

Attention : en réalité, il n'existait pas d'alphabet égyptien. Celui-ci n'a été réalisé que pour te permettre de composer ton prénom avec facilité.

A		H		Q	
B		I		R	
C DUR		J(I)		S	
C DOUX		K		T	
D		L		U	
E		M		V	
F		N		W	
G DUR		O		Y	
G DOUX		P		Z	

Attention : en égyptien, le son [X] n'existait pas. Celui qui y ressemblait le plus était le son [H] aspiré représenté par le signe .

NOMBRES ÉGYPTIENS

1		10		100		1 000	
2		20		200		10 000	
3		30		300		100 000	
4		40		400		1 000 000	

OOOOOOH...
MAGIE !

Ramsès leva la patte et annonça :

– Que commencent les festivités en l'honneur de Hapi !

Je compris qu'il parlait du fleuve Nil, que les Égyptiens adoraient sous le nom de Hapi.

Des prêtres au crâne rasé et vêtus de blanc allumèrent des bâtonnets d'encens parfumé.

Sept danseuses s'avancèrent, vêtues de tunique de perles. Des fils d'or étaient tressés dans leurs cheveux, leur cou était orné d'un collier de lapis-lazuli. Elles dansèrent en agitant leurs sistres et en répandant des pétales de roses, puis exécutèrent d'agiles cabrioles autour du bassin de nénuphars.

Le sistre était un instrument de musique utilisé par les danseuses.

Cependant, les musiciennes jouaient de douces mélodies sur des harpes, des cithares, des lires, des luths, des tambourins et avec des castagnettes.

Les serviteurs apportèrent alors, disposés sur des plats d'albâtre, cailles et pigeons rôtis, fromages de chèvre, fèves épicées, grenades et raisins, noix caramélisées, miel et confiture de figues.

Ramsès goûta un gâteau au miel, mais poussa un cri de douleur :

– **Aïe !**

Néfertari chicota, empressée :

– Pauvre chéri, tu as mal aux dents ? **Sun ?***

– Il faut vraiment que j'aille chez le dentiste ! soupira-t-il en se massant la mâchoire.

Le banquet allait commencer.

Néfertari décida de retoucher son maquillage : une servante lui tendit un précieux miroir en or incrusté de rubis.

** Ça te fait mal ?*

ÉGYPTE

MÉDECINE

Les médecins égyptiens savaient soigner les fractures, trépaner les crânes et effectuer des opérations compliquées. Ils traitaient certaines maladies à l'aide de moisissures ; or c'est avec une moisissure que l'on produit la pénicilline !
Ils bouchaient les dents cariées avec un ciment spécial et attachaient les fausses dents aux vraies à l'aide d'un fil d'or.

Hélas, si le miroir était précieux, son or n'avait pas un grand pouvoir réfléchissant...
Alors, rapide comme un rat, Traquenard fouilla dans sa besace et en sortit un *vrai* miroir.

Il l'offrit à la reine en s'inclinant : elle écarquilla les yeux en découvrant ce prodige.

– Oooooh... magie !

Elle demanda à Traquenard :

– Que voulez-vous en échange de ce cadeau magique ?

Il fit apparaître une rose délicatement parfumée et la lui offrit.

– Ce que je veux ? Le trésor le plus précieux : un sourire, ô belle d'entre les belles !

EGYPTE

HABILLEMENT

Les Égyptiens portaient des jupes et des tuniques de lin plissé. Les habits des riches étaient colorés à l'aide de teintures végétales. Bergers et paysans portaient des tuniques grossières en peaux de bêtes, et la laine était rare.
Les sandales des riches étaient dorées, tandis que celles des pauvres étaient faites de paille tressée.

Néfertari lui fit un sourire charmant. J'entendis les courtisans murmurer.

– *Alors là, celui-là, c'est un phénomène...*

– *... un vrai mage, un mage au poil...*

– *... il paraît qu'il vient de très loin, ce doit être un mage puissant...*

– *... très puissant...*

– *... peut-être plus puissant que le pharaon...*

– *... la belle d'entre les belles lui a souri...*

– *... Ramsès est très jaloux !*

Je frissonnai.

Par mille mimolettes, ça commençait à mal tourner.

Le grand vizir chuchota quelque chose à l'oreille du pharaon, qui plissa les yeux et se frisa les moustaches d'une manière qui ne me plut pas du tout.

QU'EST-CE QUE C'EST ? QUI VA LÀ ? QUI M'A PINCÉ ?

Furieux, Ramsès quitta la salle, suivi de Rathotep, qui lui parlait rapidement à l'oreille et nous lançait des regards venimeux...

Nous allions avoir des ennuis…

regards venimeux...
regards venimeux...
regards venimeux...

J'entendis de nouveau les courtisans murmurer :

– *Je te l'avais bien dit, que le pharaon était jaloux…*

– *… c'est bien fait pour le mage Traquolik, ça lui apprendra à faire le malin…*

– *… à mon avis, Ramsès va les donner en pâture aux crocodiles sacrés…*

– … je n'aimerais pas être dans le pelage du mage Traquolik…

– … demain, tout ce qu'il restera de lui et de ses amis, ce sont des **osselets** *…*

– … et avec ces **osselets***, Rathotep se fera des cure-dents…*

Le grand vizir rentra dans la salle au pas de course, gonfla la poitrine et hurla :

– Gardes, saisissez-vous des étrangers ! C'est un ordre du pharaon !

Je n'avais pas eu le temps de dire *scouit,* que nous étions encerclés. En nous piquant l'arrière-train de leur lance, ils nous conduisirent dans les cachots du palais.

Traquenard marmonna, en se grattant les moustaches :

– **Et voilà, j'ai sauté le déjeuner !** Ça ne s'arrange pas...

Le grand vizir ricana :

– Vous avez voulu jouer au plus malin, mais vous paierez cher votre insolence, vous la paierez très cher. Surtout toi, mage Traquolik, tu vas voir : le roi des crocodiles sacrés va raffoler de ta viande, GROS LARD !

Mon cousin protesta :

– GROS LARD ? Ce n'est pas du lard, c'est du muscle, rien que du bon ! Compris ?

Avec un petit rire perfide dont l'écho se perdit dans le couloir obscur, Rathotep s'éloigna.

Je m'approchai du soupirail de notre prison et découvris ce que je redoutais : au centre d'une mare boueuse, un crocodile géant qui semblait affamé.

POURQUOI POURQUOI POURQUOI M'ÉTAIS-JE LANCÉ DANS CE STUPIDE VOYAGE DANS LE TEMPS ???

Mon cousin bougonna :

– **Et voilà, j'ai sauté le goûter** ! Ça finira mal !

Soudain, quelqu'un me pinça la queue.

Je sursautai.

– Qu'est-ce que c'est ? Qui va là ? Qui m'a pincé ?
Ce n'étaient pas les soldats du pharaon, mais une servante.
– Chuuut ! Suivez-moi, mais que votre pas soit velouté comme la respiration de Nout, le Ciel…
Nous sortîmes de la prison par un passage secret, aussi **sombre** que l'estomac d'un chat famélique.
Des torches fumantes projetaient des éclats lugubres sur les murs peints de hiéroglyphes.

La servante nous conduisit jusqu'à une énorme et terrifiante statue de Sobek, le dieu crocodile.

Elle appuya sur la patte gauche de la statue, qui pivota sur elle-même, révélant un passage secret.

Nous entrâmes. Nous étions… dans les appartements privés de la reine.

Néfertari vint à notre rencontre, très agitée.

– Vous devez fuir ! Le pharaon est jaloux !

Traquenard s'agenouilla et chicota, sentimental :

– Ah, si je pouvais rester, peut-être pourrions-nous…

Je le tirai par la queue.

– Traquenard, ça suffit !

Il soupira :

– Pfff, tu n'y connais rien en ***romantisme***, toi !

Puis il fit le baise-patte à Néfertari.

– Adieu, belle d'entre les belles, je ne vous oublierai jamais !

La reine ôta de sa patte une bague portant son sceau et la donna à Traquenard.

– Cette bague vous protégera. **Peher Nefer !***

* *Bon voyage !*

QU'UNE PYRAMIDE S'ÉCROULE SUR MA TÊTE !

La servante nous enroula dans de précieux tapis, qu'un serviteur nubien chargea sur son dos. Puis il nous transporta au port de Memphis.

Il était cinq heures de l'après-midi.

– **Et voilà, j'ai sauté l'apéritif !** C'est mauvais signe ! Bougonna mon cousin.

J'entendis le clapotis des vagues. Je sortis le museau du tapis : le Nubien nous avait déposés sur une FELOUQUE, un bateau à voile carrée avec un rang de rames.

Une voix cria :

– Têtes de momies, bande de pique-fromages, qu'une pyramide s'ecroule sur ma tête, c'est l'équipage le plus mou qu'on ait vu depuis qu'Atoum a créé l'Égypte !

Que ma queue soit écrabouillée sous un sarcophage, vous avez compris, oui ou non, que nous devons remonter le Nil avant la crue ? Que mes moustaches se momifient, *rameeeeeeeeeeeez* !

Le capitaine Râ-degh-out était un rat costaud aux moustaches frisées, portant une jupette de lin grège et d'épais poignets de force en cuir. Il fit claquer son fouet :

– Un-deux-pyramide ! Un-deux-pyramide ! Un-deux-pyramide !

Tout le monde se mit à souquer ferme : le bateau quitta le port de Memphis et commença à fendre les vagues. Mon cousin bâilla, réjoui.

– Tu sens comme on est bercé par les vagues ? De haut en bas, de haut en bas, de haut en bas, de haut en bas… je crois que je vais piquer un petit roupillon. Ronpchuuu… ronpchuuu !

Moi, j'étais vert tellement j'avais le mal de mer.

– Tu sens comme on est bercé par les vagues ? De haut en bas, de haut en bas, de haut en bas, de haut en bas… je crois que je vais me sentir mal. Gloubbb… gloubbbbbb !

POURQUOI POURQUOI POURQUOI M'ÉTAIS-JE LANCÉ DANS CE STUPIDE VOYAGE DANS LE TEMPS ???

PAR MILLE MOMIES DÉMOMIFIÉES...

Nous voguions depuis plusieurs heures déjà... et le soir approchait.

Soudain, un marin poussa un grand cri :

– *Par mille momies démomifiées... gare aux hippopotames !*

J'ouvris les yeux, inquiet.

Des hippopotames ? Où ça ?

Un autre marin s'écria :

– *Par mille papyrus dépapyrusifiés... ils sont énormes ! Et il y en a plein !*

Mon cœur bondit dans ma poitrine.

Énormes ? Plein ??

Le capitaine gronda :

– *Par mille pyramides dépyramidifiées... on coule !*

Mes moustaches se tortillèrent de peur : on coule ???

Brusquement, le navire se mit à tourner sur lui-même.

Je hurlai :

– *Par mille mimolettes démimolettifiées... pourquoi pourquoi pourquoi suis-je parti ?*

Dans un craquement sinistre, le bateau se cassa en deux, sous la poussée des vagues impétueuses.

Alors, haletant, je criai à mes amis :

– Vite, le navire couuuuuuuuuuuuuuuuuuuuuuuuuuuuuuuuuuuuuuuuuuuuuuuuuuuuuuuuuuuuuuuuuuuuuuuuuuuuuuuuuuuuuuuuuuuuuuuuuuuuuuuuuuuuuuuuuuuuuuuuuuuuuuuuuuuuuuuuuuuuuuuull !

SI JE TE PRENDS, JE T'ÉCRASE, TÊTE DE SERPENT !

Je plongeai dans l'eau boueuse et glacée du Nil. Je me débattis pour essayer de rester à la surface, mais ma tunique trempée m'entraînait au fond.

J'entendis mon cousin marmonner :

– Et voilà, j'ai aussi sauté le dîner !

À la lueur de la pleine lune, j'aperçus une multitude de petits points lumineux qui brillaient dans l'obscurité et qui s'approchaient, s'approchaient…

Je compris en frissonnant que c'étaient les yeux des **CROCODILES** !

– Vite, il faut nager jusqu'à la rive ! criai-je.

Avec la force du désespoir, nous parvînmes à atteindre le rivage.

Les crocodiles étaient si proches de nous que l'un d'eux essaya de saisir entre ses crocs la queue de Traquenard. SGNAC !

D'une pirouette, mon cousin lui échappa. Il attrapa une rame et frappa la tête du crocodile : Sbanggg !
La bête, étourdie par le choc, resta sur sa faim. Traquenard improvisa un couplet :

TU NE M'AS PAS EU,
MUSEAU TORDU !
J'AI MÊME PAS MAL,
FACE DE CHACAL !
MAIS SI JE TE PRENDS
JE T'ÉCRASE, TÊTE DE SERPENT !

ÉGYPTE

ANIMAUX

Les Égyptiens furent parmi les premiers à avoir des animaux domestiques, auxquels ils étaient très attachés. Ils avaient de nombreuses amulettes en forme d'animaux. Certains dieux avaient une tête d'animal : Bastet (chat), Anubis (chacal), Sobek (crocodile). Les Égyptiens attribuaient des pouvoirs magiques aux chats, dont on a retrouvé d'innombrables momies. À propos, en égyptien, « chat » se dit *mau* et « souris » *pennou*.

Momie de chat

LE MEILLEUR REPAS DE MA VIE

La lune éclairait de ses rayons une plage blanche, créant une atmosphère spectrale. Au bord du fleuve poussaient des papyrus qui ondoyaient dans la brise nocturne. J'entrevis une ombre entre les roseaux, puis quelque chose me frappa à la nuque. Sbannnggg !!!

Avant de m'évanouir, j'entendis Traquenard marmonner :

– Geronimo ne changera jamais, il est prêt à tout pour se faire remarquer… Voilà qu'il s'évanouit une fois de plus !

AÏÏÏE, QUEL COUP, QUELLE DOULEUR, QUEL CHOC !

Je revins bientôt à moi.

Une petite silhouette s'approcha de moi en sautillant vivement, et je murmurai, stupéfait :

– Mais… mais c'est une souricette !

La petite, qui devait avoir

l'âge de Benjamin, avait la tête rasée, à l'exception d'une tresse au-dessus de l'oreille droite, nouée par une boule de bois coloré. Elle portait une peau d'antilope, serrée à la taille par une ceinture de cuir tressé. Elle couina, inquiète :

– Tu es toujours vivant, étranger ? Je suis désolée de t'avoir frappé avec mon *bâton-à-lancer !*

Volt prit note :

– Intéressant, ce *bâton-à-lancer* égyptien est identique aux boomerangs des aborigènes australiens !

EGYPTE

ENFANTS

Les enfants égyptiens étaient choyés par leurs parents. Ils avaient des jouets : billes, toupies, poupées de chiffon et petits animaux de bois. Tant qu'ils étaient petits, ils ne portaient pas de vêtements. Garçons et filles avaient le crâne rasé et portaient une seule touffe de cheveux tressés sur le côté.

Riri-rat nous conduisit jusqu'à une hutte de terre battue, où ses parents nous accueillirent chaleureusement. Pa-rat nous invita à rester en citant un proverbe qui témoignait de la généreuse hospitalité des Égyptiens :

– **N Sejer S Hequeru M Niut I !***

Traquenard s'écria :

– On va manger ? Il était temps !

Ils nous offrirent en souriant tout ce qu'ils avaient : du poisson séché, des concombres, une poignée de fèves à l'ail, une galette de blé à l'huile de sésame, du fromage de chèvre et des figues mûres.

Nous nous assîmes en rond sur des nattes tressées, prenant la nourriture directement dans le plat avec nos pattes.

* *« Jamais personne ne passera la nuit affamée dans ma cité ! »* (ancien proverbe égyptien)

Après le repas, nous jouâmes au *senet*, pendant que Benjamin et Riri-rat jouaient au labyrinthe.
Eh bien… ce repas dans une cabane de terre battue, à la lumière d'une lampe à huile, il y a quelque 3 300 années, *fut le meilleur de ma vie.*
La nourriture était simple, mais elle nous était offerte avec tant de générosité !
Nous parlâmes de mille choses, en profitant de cet instant de bonheur unique.
Car le bonheur n'est fait que d'instants, et c'est à nous de savoir les saisir...

Ému, je m'adressai à nos hôtes :
– Mes amis, demain, nous repartirons pour Guizèh. Mais

Le senet était un jeu de table comparable aux échecs. Il se jouait sur un plateau rectangulaire divisé en 36 cases.

ABYRINTHE DE BENJAMIN ET RIRI-RAT

DÉPART

ARRIVÉE

le souvenir de cette douce soirée ne nous quittera jamais. Nous avons beau être très différents, une chose nous unit ; le cœur qui bat dans notre poitrine aspire aux mêmes trésors : l'amour, l'amitié, la paix ! Il est beau de savoir que, aussi loin qu'on puisse voyager, on trouvera toujours de véritables amis… des amis qui vous réchauffent le cœur par la chaleur de leur hospitalité, des amis prêts à vous offrir tout ce qu'ils possèdent…

… des amis, des amis, des amis !

LA TAVERNE DE LA MOMIE

Nous passâmes la nuit sur une paillasse rembourrée d'herbes sèches.

À l'aube, nous descendîmes au fleuve avec Pa-rat et l'aidâmes à relever ses filets remplis de poissons. Nous lui expliquâmes que nous devions retourner tout de suite à Memphis et, de là, à Guizèh, et que personne ne devait le savoir. Il posa une patte sur son cœur.

– Vous avez ma parole d'honneur. Personne ne le saura, je serai *muet comme un obélisque !* Mais vous aurez besoin d'un guide...

Obélisque

Un petit pêcheur gras, à l'air rusé, sortit alors de derrière une dune.

Pa-rat murmura :

– Aïe aïe aïe, voilà Foui-nhet, le cancanier du village.

Foui-nhet commença à bavarder.

– **Nyny !*** Euh, je passais par hasard et j'ai entendu

* *Bonjour !*

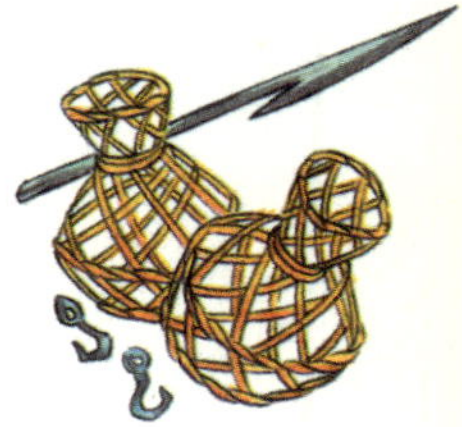

que vous aviez besoin d'un guide. Le frère de la cousine de l'oncle de la servante du neveu du scribe de la sœur du pédicure de l'embaumeur de la grand-mère du pharaon est guide touristique à Memphis. Il s'appelle Nig-hô, vous le trouverez au port, à LA TAVERNE DE LA MOMIE. Je lui enverrai un pigeon voyageur pour le prévenir !

Les pêcheurs utilisaient des harpons, des filets, des nasses et des cannes avec des hameçons. C'était un métier dangereux, car on risquait d'être dévoré par les crocodiles !

Nous acceptâmes. Pa-rat nous aida à construire un bateau pour descendre le Nil jusqu'à Memphis :

Les papyrus sont réunis en faisceaux...

... et liés ensemble pour faire une embarcation.

nous coupâmes plein de papyrus et nous les attachâmes en faisceaux avec des nœuds robustes. Au moment de la séparation, Riri-rat donna à Benjamin son *bâton-à-lancer.*

– C'est ce que j'ai de plus précieux, mais c'est pour cela que je te le donne volontiers. **Hetep Hena Merut !***

Elle lui fit un bisou sur la joue, et Benjamin rougit. Il est *timide*, comme moi...

Nous montâmes sur notre radeau et agitâmes la patte tant que nous vîmes nos amis.

Le bateau glissa lentement sur le fleuve.

Au bout de quelques heures, le courant devint plus agité. Nous nous approchions des rapides.

* *Paix et amour !*

Le bateau prit de la vitesse. Il prit beaucoup de vitesse. Il prit **TROP** de vitesse.

– Il faut ralentir ! criai-je à Traquenard.

Mon cousin couina, d'un air malin :

– Allons donc, trouillard, c'est maintenant qu'on va s'amuser.

Et il dirigea l'embarcation en plein milieu des rapides, en braillant :

– You-ouuuuuuuuuuuuuuu !

Ballotté de haut en *bas*, de haut en *bas*, de haut en *bas*, de haut en *bas*, de haut en *bas*, je m'agrippai à la proue, terrorisé.

Puis le bateau pencha sur le côté, et une rame

me tomba sur la tête. SBADABAAMMM !

Avant de m'évanouir, j'entendis Traquenard marmonner :

– Geronimo ne changera jamais, il est prêt à tout pour se faire remarquer... Voilà qu'il s'évanouit une fois de plus !

Je revins bientôt à moi.

AÏIIIE, QUEL COUP, QUELLE DOULEUR, QUEL CHOC !

Au soir du second jour, nous vîmes enfin les blanches murailles de Memphis. Nous abandonnâmes la barque sur la rive du Nil, un peu avant l'entrée du port. Puis, *sur la pointe des pattes,* nous nous dirigeâmes vers LA TAVERNE DE LA MOMIE.

Une petite souris sèche, au crâne rasé et aux oreilles en éventail, vint à notre rencontre en agitant une canne d'ivoire. Il cria d'un voix forte, si forte que tout le monde se retourna:

– **Ii Uy !*** Ohéééé, étrangers, c'est vous qui voulez aller à Guizèh ?

Volt essaya de le faire taire :

– Plus bas, ou on va nous découvrir !

La petite souris hurla à pleins poumons :

– Découvrir ? Découvrir quoi ? Vous avez quelque

* *Bienvenue !*

chose à cacher ? Un secret ? Un grand secret ? Heiiiiin ?

Nous le fîmes sortir de la taverne avant qu'il ne nous cause un trop grand tort.

Il se présenta :

– Je m'appelle NIG-HÔ, ce qui signifie « *Cerveau de puce dans le désert* », mais j'ai d'autres noms: BHÂ-RÂ-TIN, c'est-à-dire « *J'ai la langue plus longue que celle d'une vipère cornue* », et même MOM-PUE, c'est-à-dire « *J'ai les pattes qui sentent plus qu'une momie pourrie* », et également GÂR-AL-ALÊN, c'est-à-dire « *Mon haleine pue plus qu'un chacal qui a mangé de l'ail* » et même...

Volt fit un pas en arrière (notre guide avait en effet une haleine pestilentielle).

– Euh, pouvons-nous partir pour Guizèh ? Nous sommes pressés.

– **Beber !*** Ne voulez-vous pas d'abord faire une

* *Étrangers !*

N Ka K !*

belle croisière touristique sur le Nil ?

– Non, merci, nous voulons aller à Guizèh !

– Vous pourriez visiter les tombes des rois…

– Une autre fois. Nous voulons aller à Guizèh !

– Et une petite virée au temple de Ptah ? Il y a là-bas une statue en or de Séti, le père de notre pharaon…

– Non, merci ! Nous voulons aller à Guizèh ! G-u-i-z-è-h ! **Guizèèèèèèèèèèèh !** criâmes-nous en chœur, exaspérés.

– Ah, vous voulez aller à Guizèh ? Il fallait le dire, que vous vouliez aller à Guizèh. Très bien, allons à Guizèh, ce n'est pas qu'on y voie des choses très intéressantes, rien que trois pyramides et un sphinx, mais si vous voulez aller à Guizèh, je vous emmène à Guizèh, il suffisait de le dire, PAR LA MOMIE DE MA MAMIE !

Nous entendîmes un cri :

– Les eaux du fleuve montent. **Akhet !****

**À votre santé !*

*** C'est la saison des crues !*

LE TEMPLE DES EMBAUMEURS

Nous étions arrivés à Memphis juste à temps.

Il faisait nuit, mais les gens sortaient des maisons et se rassemblaient dans les rues. Ils étaient fous de joie, parce que le Nil débordait, ce qui assurait des récoltes abondantes.

Nig-hô nous fit signe de le suivre :

– **Is.*** Voilà la MAISON DE LA VIE, le temple où les embaumeurs préparent les défunts pour la vie éternelle. Voulez-vous le visiter ?

– Non, merci, une autre fois, peut-être ! m'empressai-je de répondre (pour ceux qui ne l'ont pas encore compris, je dois dire que je suis un gars, *ou plutôt un rat,* du genre froussard).

Mais il avait déjà poussé la porte, et je ne pus pas éviter de voir ce qu'il y avait à l'intérieur... Ma tête commença à tourner, des perles de sueur froide couvrirent mon front. J'allais M'ÉVANOUIR, mais je pris mon courage à deux pattes et respirai bien profondément.

* *Allons-y.*

Le dieu protecteur des embaumeurs
était Anubis.
Résines
et parfums
Brasero
Bandelettes
de lin
Vases canopes

Sels de natron
Masque funéraire
Momie
Amulettes sacrées qu'on glissait entre les bandelettes
Sarcophage

EGYPTE

EMBAUMEMENT

Le corps était lavé, puis les prêtres extrayaient le cerveau en le faisant passer par les narines à l'aide d'un crochet. Ils retiraient aussi les organes internes, qui étaient conservés dans les **vases canopes**.
Le corps était plongé pendant 40 jours dans le natron, un sel qui le desséchait à fond. Il était ensuite traité avec le mûm, une substance noirâtre et poisseuse composée de **résines** et de **parfums**, puis enveloppé dans des bandelettes de lin imprégnées d'onguents. Entre les bandelettes, on dissimulait de **précieuses amulettes**.

Sur le visage de la momie, on disposait un masque qui reproduisait ses traits. La momie était ensuite déposée dans un **sarcophage**.

Les Égyptiens croyaient que, si l'on conservait le corps du défunt, son âme pouvait y trouver refuge et survivre dans l'éternité. C'est pourquoi ils disposaient près de la momie tout ce qui lui servirait dans sa vie d'outre-tombe : de la **nourriture** et **divers ustensiles**, mais aussi des statuettes spéciales, les **oushebti**, qui représentaient les serviteurs du défunt.

Hélas, beaucoup de tombes furent dévastées par des voleurs, et bien des trésors égyptiens ne sont pas parvenus jusqu'à nous. La tombe la plus intéressante qu'on ait mise au jour est celle de Toutankhamon (pharaon de la XVIIIe dynastie, mort à 18 ans seulement). Elle a été découverte en 1922, par les archéologues Carnarvon et Carter.

Benjamin murmura :

– Comment te sens-tu, tonton ? Tu es pâle comme un CAMEMBERT !

Je m'adossai à une petite colonne de marbre. Mais la colonne se renversa, alla heurter un sarcophage, dont le couvercle tomba sur ma tête. Avant de m'évanouir, j'entendis Traquenard marmonner :

– Geronimo ne changera jamais, il est prêt à tout pour se faire remarquer… Voilà qu'il s'évanouit une fois de plus !

PAR LA CARCASSE DES PYRAMIDASSES !

Je revins bientôt à moi.

AÏÏÏE, QUEL COUP, QUELLE DOULEUR, QUEL CHOC !

Benjamin m'éventa avec une palme.

– Ne t'inquiète pas, tonton, tout va bien, je suis là…

Téa couina :

– On part ! En route pour Guizèèèh !

Traquenard grogna :

– Ouais, ça va, j'ai entendu, je n'ai pas un bouchon de fromage dans les oreilles. Pourquoi faut-il toujours qu'elle crie, celle-là ?

Le ciel était encore sombre quand nous nous mîmes en route pour notre traversée du désert.

Nous marchâmes, nous marchâmes, nous marchâmes, de plus en plus fatigués.

Un peu avant l'aube, Nig-hô couina :

– PAR LA CARCASSE DES PYRAMIDASSES ! J'ai une idée ! Je connais un raccourci !

– Mais il n'est pas dangereux de quitter la piste ? demanda Benjamin.

L'autre se vanta :

– Vous avez de la chance de m'avoir comme guide. **Uaj !*** Savez-vous qu'on m'appelle aussi « le Renard du désert » ? J'ai là, dans mon crâne, une carte complète de tout le **SAHARA** et de ses alentours !

Le soleil se leva. À 10 heures du matin, il était déjà brûlant ; à 11 heures, il était cuisant ; à midi, il était incandescent. Le désert avait la température d'un haut-fourneau. Téa demanda à Nig-hô :

– On arrive quand ?

– PAR LE CAL D'ANUBIS LE CHACAL, dans pas longtemps.

Deux heures plus tard, Téa répéta :

* *C'est une grande chance !*

– Mais on arrive quand ??

– PAR LES VARICES D'OSIRIS, dans pas très longtemps.

Téa attrapa Nig-hô par la queue.

– Hé ho, *traînard du désert,* on est déjà passé là tout à l'heure. Je reconnais ce caillou, je l'ai vu ce matin !

Volt demanda sur un ton aimable mais ferme :

– Alors, Nig-hô, dis-nous la vérité.

L'autre éclata en sanglots :

– PAR LES MOUSTACHES À TORTILLON DU TONTON DU PHARAON... je l'avoue, je suis perdu !

Un silence sépulcral tomba sur notre petite troupe. Pour me rafraîchir, je décidai de boire quelque chose. La bouche sèche, je marmottai :

– Traquenard, passe-moi donc un peu d'eau.

Il pâlit.

– L'eau ? Ce n'est pas toi qui l'as prise ?

– Tu avais dit que tu t'occupais des provisions !

– C'est ce que j'ai fait : j'ai emporté des harengs saurs, du bœuf salé, des piments dans la saumure, tous les trucs salés que j'aime, quoi. Mais je n'ai pas emporté d'eau !

– Tous les trucs salés ??? murmurai-je, désespéré. J'avais le cerveau tellement bouillant que j'avais du mal à raisonner, mais il y avait au moins une chose que je comprenais : l'heure était grave, elle était même *très, trèès, trèèès grave !*

POURQUOI POURQUOI POURQUOI M'ÉTAIS-JE LANCÉ DANS CE STUPIDE VOYAGE DANS LE TEMPS ???

Nous allâmes nous abriter à l'ombre du premier palmier que nous trouvâmes et nous attendîmes que le soleil se couche.

Volt ouvrit sa besace et en sortit un drôle d'objet en cuivre.

– Connaissez-vous cet instrument ? C'est un sextant : il nous servira à faire le point et à comprendre où nous nous trouvons.

Le sextant est un instrument optique qui permet de mesurer la hauteur d'un astre sur l'horizon, afin de calculer la position de l'observateur.

Il dirigea l'instrument vers le ciel et, après des calculs astronomiques très compliqués, annonça :

– Nous sommes proches du but, très proches. Encore quelques heures de marche et nous serons à Guizèh !

SERRONS-NOUS LA PATTE, COUSIN !

À l'aube, nous étions épuisés. Nous marchions dans le désert depuis plus de vingt-quatre heures ! Et sans une goutte d'eau à boire ! Benjamin traînait ses petites pattes dans le sable. Je le pris sur mes épaules et repartis, pas à pas, de plus en plus fatigué. Il murmura :

– Tonton… oncle Geronimo...

– Qu'y a-t-il, mon neveu chéri, *ma petite lichette d'emmental* ? demandai-je, les lèvres sèches.

Benjamin ne répondit rien, mais tendit la patte en direction de l'horizon. J'essuyai mes lunettes pour mieux voir. Et je vis quelque chose. Oui, quelque chose… mais quoi ? Peut-être un mirage… non, c'était bien le Sphinx. Et derrière le Sphinx... **une oasis !**

En puisant dans nos dernières forces, nous nous traînâmes jusqu'à un bosquet de palmiers, de sycomores et de tamariniers à l'ombre desquels jaillissait une source d'eau cristalline.

– D-de… d-de l-l'eau… de l'eau ! balbutia Traquenard en plongeant dans la flaque. Téa plongea derrière lui. Volt demanda :

– Comment va votre neveu, Geronimo ?

J'essayai de sourire.

– Tout va bien, professeur.

Je portai Benjamin jusqu'à la source, puis j'humectai ses lèvres et l'aidai à boire. Je lui fis un bisou.

– Nous sommes sauvés, mon chéri. Sauvés !

J'attendis qu'il ait bien bu pour approcher mes lèvres de l'eau fraîche, et je bus, je bus, je bus.

Ah, comme l'eau est bonne quand on a soif !

Le bonheur est dans tout, et tout peut nous rendre heureux… une gorgée d'eau quand nous avons soif, un croûton de pain quand nous avons faim, une couverture quand nous avons froid… un ami quand nous nous sentons seuls.

Traquenard, d'un bond, escalada un palmier. Je n'eus pas le temps de dire *scouit* qu'un régime de dattes me tomba sur la citrouille.

Avant de m'évanouir, j'entendis Traquenard marmonner :

– Geronimo est prêt à tout pour se faire remarquer… Voilà qu'il s'évanouit une fois de plus !

Je revins bientôt à moi.

AÏÏÏE, QUEL COUP, QUELLE DOULEUR, QUEL CHOC !

– *Bon sang de bonsoir de dattier,* tu ne pouvais pas faire attention ? râlai-je contre mon cousin.

Il me fit taire en me fourrant une datte dans la bouche ?

– Allez, mange, ça te fera du bien, ça t'adoucira !

J'allais protester, mais la datte était vraiment délicieuse, et je décidai de laisser tomber. Je souris.

– Bon, allez, faisons la paix… mais offre-moi une autre datte !

– Serrons-nous la patte, cousin ! dit-il.

Nous plongeâmes tous dans l'eau fraîche, en faisant des cabrioles et en plaisantant, tout heureux.

Puis nous entendîmes quelqu'un qui sanglotait :

– *Hélas hélas hélas* que va me faire le pharaon ? Au *mini-mini-minimum,* si j'ai vraiment beaucoup de chance, il se contentera de me faire désosser par les chacals du désert.

LE SECRET DE PYR-A-MIDION

À l'ombre du Sphinx, une souris au crâne rasé pleurait ***DÉSESPÉRÉMENT***.

– Euh, pouvons-nous vous aider ? demanda Volt.

L'autre essuya une larme sur son élégante tunique de lin plissé et secoua mélancoliquement la tête, faisant tinter le collier de turquoises qu'il portait au cou.

– *Aïe aïe aïe,* personne ne peut rien pour moi.

Il soupira :

– *Donc donc donc,* mon nom est Pyr-a-midion.

Il se moucha, de plus en plus mélancolique.

Prrr prrr prrrrrrrrrr !

– Il y a une semaine encore, j'étais grand vizir et mon nom était respecté dans *toute toute toute* l'Égypte. J'ai l'impression d'entendre encore le peuple qui chantait mes louanges...

Pyr-a-midion ! Pyr-a-midion ! Pyr-a-midion !

» Bref, j'étais *célèbre célèbre célèbre,* jusqu'au jour où...

– Jusqu'au jour où ? criâmes-nous en chœur.

Traquenard s'allongea sur le sable en bougonnant :

– Moi, je me mets à l'aise, j'ai compris que ça allait être une **longue histoire** !

Pyr-a-midion reprit :

– *Je disais je disais je disais,* il y a quelques semaines parut à la cour ce rongeur sans honneur, cette souris pourrie, ce rat gras..., *bref bref bref* **RATHOTEP** !

– Rathotep ! criâmes-nous en chœur.

Il essuya ses moustaches trempées par les larmes.

– Rathotep, *oui oui oui !* Lui-même, *lui lui lui !* **Bin Bin Bin !*** Ce museau de rat de fossé a commencé à comploter contre moi jusqu'au jour où...

– Jusqu'au jour où ? criâmes-nous en chœur.

– ... jusqu'au jour où, il y a de cela une semaine, ma femme Pyr-a-midine prépara des gâteaux aux

* *Méchant méchant méchant !*

amandes pour le pharaon. « Fais attention, ils doivent être *bons bons bons* ! » lui recommandai-je. « J'y mettrai plein d'amandes ! » me rassura-t-elle. Et elle en a mis, des amandes, *pour sûr pour sûr pour sûr* qu'elle en a mis. *Hélas hélas hélas...* un morceau de coquille d'amande s'est retrouvé dans un gâteau. Et quand Ramsès l'a mangé, *ouille ouille ouille,* il s'est cassé une incisive et...

– Et ? criâmes-nous en chœur.

Pyr-a-midion s'arracha les moustaches de désespoir.

– ... et il est entré dans une grande colère ! Rathotep a insinué que j'avais comploté contre le pharaon. Ramsès l'a nommé grand vizir à ma place. J'allais être jeté en pâture aux crocodiles sacrés quand...

– Quand ? criâmes-nous en chœur.

Traquenard marmonna :

– Je le savais, que ce serait une longue histoire...

Pyr-a-midion continua son récit :

– ... quand ma femme s'est jetée aux pieds de Néfertari et a imploré *pitié pitié pitié*. La reine a été émue, et j'ai ainsi eu une *dernière dernière dernière* chance. Mais...

– Mais ? criâmes-nous en chœur.

– ... mais le perfide Rathotep a suggéré au pharaon de me soumettre une **ÉNIGME TRÈS DIFFICILE** ! On m'a donné sept jours et sept nuits pour la résoudre, et le délai expire *juste juste juste* maintenant. Quand le soleil se lèvera, je serai un rongeur fini. **Isefet !*** *Snif snif snif !*

Les soldats qui somnolaient dans le champ de melons derrière l'oasis commencèrent à s'étirer.

Ils allaient venir prendre Pyr-a-midion !

Le prisonnier leur lança un regard nerveux et frissonna.

– *Brrr brrr brrr !*

* *Malheur et injustice !*

Benjamin demanda, soucieux :

– Mais quelle est cette énigme ? Nous pouvons peut-être vous aider.

Pyr-a-midion soupira :

– Il est *difficile difficile difficile*, et même *impossible*

impossible impossible de résoudre... L'ÉNIGME DU SPHINX ! *Personne personne personne* n'y a réussi jusqu'à présent, *jamais jamais jamais !*

L'ÉNIGME DU SPHINX

Pyr-a-midion se moucha le nez dans une palme.

Prrrrrrrrrrrrrrrrrrrrrrrrrrrrrrrrrrrrrr !

Il lut l'énigme à haute voix...

Il sanglota :

– *Snif snif snif,* j'ai réfléchi 7 jours et 7 nuits, mais en vain. Quel est l'animal qui a 4 pattes, puis 2, puis 3 ? *Bouh bouh bouh !*

Aucun de nous ne connaissait la réponse.

Mais Volt ferma les yeux, réfléchit, puis son visage s'éclaira.

– J'ai la solution ! Quand nous sommes petits, au matin de la vie, nous marchons à QUATRE pattes, quand nous sommes adultes sur DEUX... et quand nous sommes vieux, au soir de la vie, nous nous appuyons sur une canne, et nous avons ainsi TROIS pattes. !

Pyr-a-midion explosa de joie :

– Je vais pouvoir donner la bonne réponse à Rathotep.

Traquenard sourit sous ses moustaches.

– Je vais te faire une faveur, mon ami Pyr-a-midion. Je te conseille de poser quelques DEVINETTES ASTUCIEUSES à Rathotep : tu verras, il ne saura pas répondre ! Il se ridiculisera, et le pharaon te choisira à nouveau comme vizir.

Il griffonna quelques phrases sur un papyrus.

J'y jetai un coup d'œil, curieux...

DEVINETTES ASTUCIEUSES

1 Une brique pèse... 1 kg plus une demi-brique. Alors… combien pèse une brique ?

2 Si j'ai 10 sarcophages et que je les prends tous, sauf 3, combien de sarcophages reste-t-il ?

3 Dans l'étang éclosent les œufs de crocodiles… Le nombre de crocodiles double chaque minute. L'étang est plein de crocodiles au bout d'1 heure. Au bout de combien de minutes était-il à moitié plein ?

4 Un ouvrier peint la coque d'un navire dans le port de Memphis. Il est monté sur une échelle de corde haute de 9,5 m. Les échelons sont écartés de 30 cm. L'ouvrier est debout sur l'échelon le plus bas, qui se trouve à 45 cm de l'eau. Dans le port, la marée monte de 92 cm par heure. Combien d'échelons l'ouvrier devra-t-il monter pour ne pas se mouiller les pattes ?

5 Un pharaon doit apporter à Thèbes un chat, une souris, un morceau de fromage. Mais il doit traverser le Nil en bateau… et il ne peut prendre qu'un seul des trois à la fois. Comment doit-il faire, sachant qu'il ne doit pas les laisser seuls… car la souris mange le fromage et le chat mange la souris ?

6 La somme de l'âge du pharaon, du vizir et du chef des gardes est 84. Dans 10 ans, quelle sera la somme de leurs âges ?

7 Si un orchestre de 20 harpistes met 3 minutes à interpréter un air, combien de temps mettra un orchestre de 10 harpistes ?

8 Laquelle de ces 2 figures a la plus grande superficie : le cercle noir ou l'anneau noir ?

9 Laquelle de ces 2 lignes horizontales vous paraît la plus grande ?

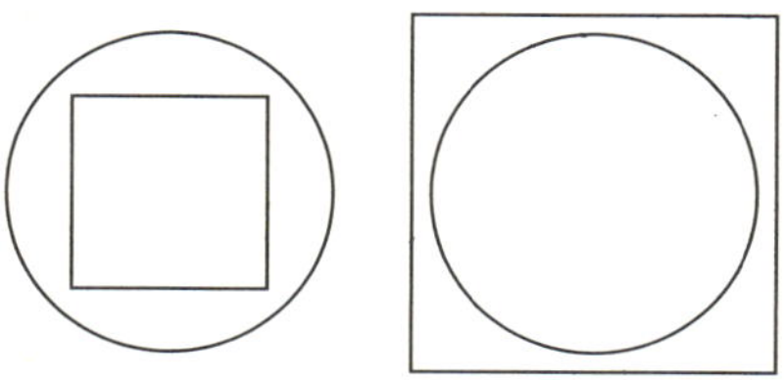

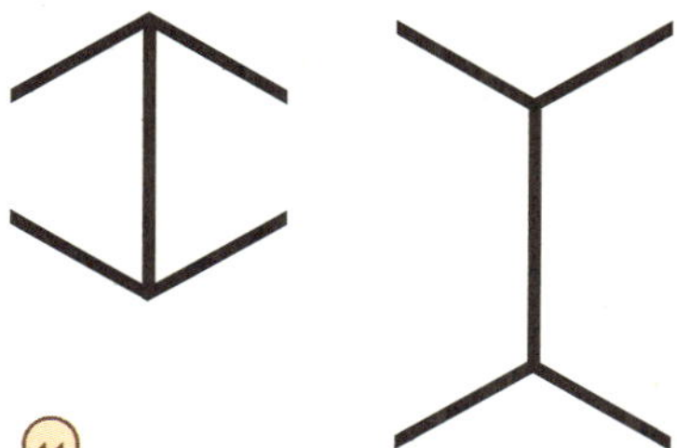

10 Lequel de ces 2 cercles est le plus grand ?

11 Laquelle de ces 2 lignes verticales vous paraît la plus longue ?

RÉPONSES ASTUCIEUSES

1. Deux kg. **2.** Il en reste 3. **3.** Au bout de 59 minutes. **4.** Le nombre d'échelons au-dessus du niveau de l'eau est toujours le même, car le bateau monte avec la marée. **5.** Le pharaon transporte la souris à Thèbes. Il retourne sur l'autre rive les mains vides. Il transporte le chat à Thèbes. Il retourne sur l'autre rive en remportant la souris. Il transporte le fromage à Thèbes et le laisse avec le chat, qui ne le mangera pas. Il retourne sur l'autre rive les mains vides. Il reprend la souris et la transporte à Thèbes; **6.** 84 + 30. **7.** Toujours 3 minutes **8.** L'anneau a une superficie plus grande que le cercle. **9.** Les 2 lignes horizontales sont de la même longueur. **10.** Les 2 cercles sont de la même grandeur. **11.** Les 2 lignes verticales sont de la même longueur.

Le secret de la grande pyramide

Pyr-a-midion nous embrassa, très ému.

– *Merci merci merci !* Comment vous remercier ? Demandez-moi *tout tout tout* ce que vous voulez !

Volt lui posa une patte sur l'épaule.

– Cher Pyr-a-midion, ce fut un plaisir de vous venir en aide !

Traquenard chuchota :

– Prof, eh, prof, demandez-lui comment ils ont construit les pyramides !

Volt s'éclaircit la voix :

– Euh, il y aurait bien une petite chose : si vous pouviez, cher Pyr-a-midion, répondre à la curiosité d'un savant, je vous en serais extrêmement reconnaissant…

Le grand vizir se lissa les moustaches.

– *Dites dites dites !*

– Eh bien, voilà, nous aimerions savoir comment, euh, comment ont été construites les pyramides…

> EGYPTE
>
> **LE SPHINX**
>
> Il a le corps d'un lion et la tête d'un homme, et représente le pharaon Chéphren. Long de 57 mètres et haut de 20, il est sculpté dans un seul bloc de roche calcaire. À l'origine, il était peint de couleurs vives. Il a été restauré par Thoutmès IV, puis par Napoléon.

Pyr-a-midion éclata de rire :

– Question *très très très* intéressante ! *Donc donc donc,* c'est le pharaon Chéops qui fit construire la pyramide...

En cachette, Téa prit une splendide photo avec le Sphinx en arrière-plan, pendant que Volt prenait des notes...

Notes du professeur Volt

La grande pyramide fut bâtie par Chéops, deuxième pharaon de la IVe dynastie, vers 2550 av. J.-C. Elle mesurait 147 mètres de haut (mais elle a perdu sa pointe). Chaque côté est long de 200 mètres. À côté s'élèvent deux pyramides plus petites, construites par les pharaons Chéphren et Mykérinos.

Les travaux de la grande pyramide durèrent plus de 20 ans.

On utilisa pas moins de 2 300 000 blocs de pierre. Chaque bloc pesait environ 2,5 tonnes.

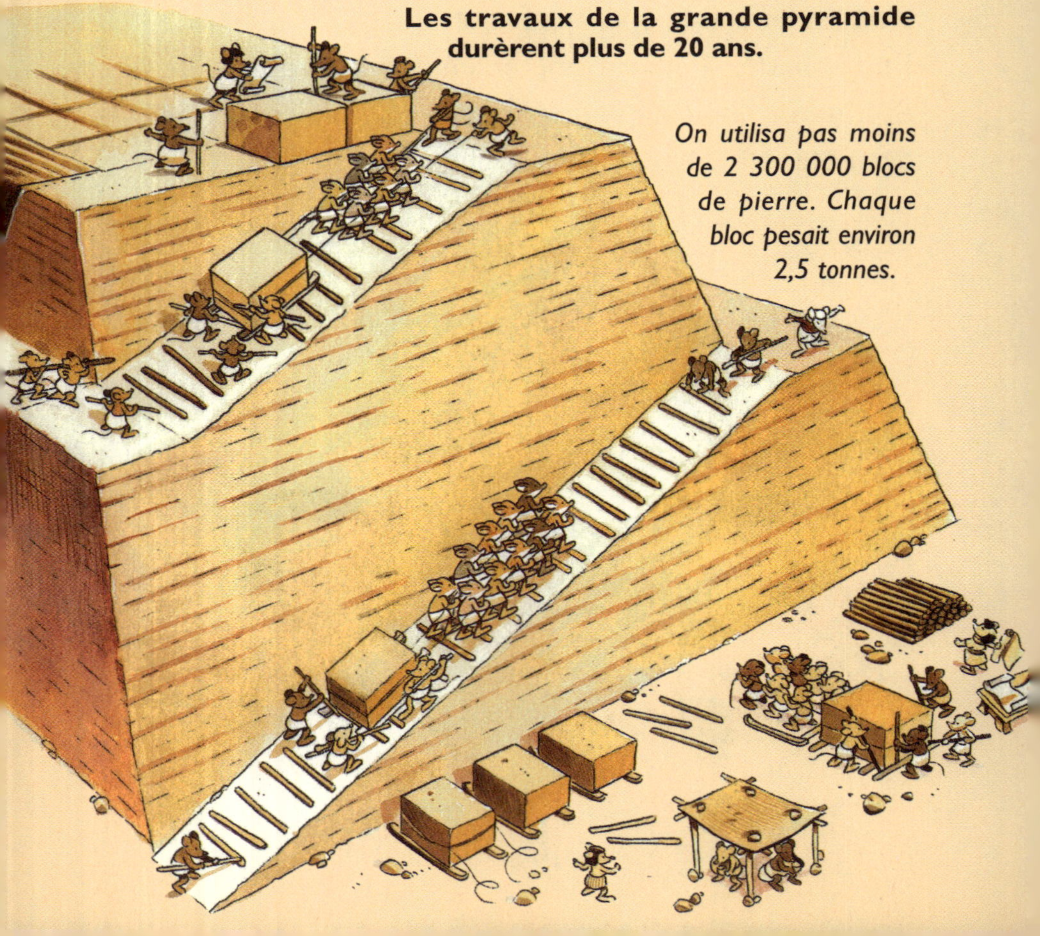

La pyramide était recouverte de revêtement de calcaire blanc et avait une pointe dorée.

Ses faces étaient orientées avec précision vers les points cardinaux..

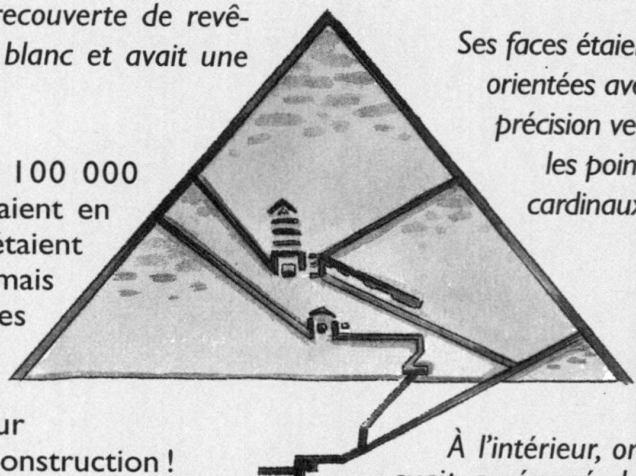

Des équipes de 100 000 hommes y travaillaient en alternance : ce n'étaient pas des esclaves, mais des ouvriers et des paysans envoyés par les villages. C'était un honneur de participer à la construction !

À l'intérieur, on avait aménagé de longs couloirs ascendants et descendants, et deux chambres, celle du roi et celle de la reine, qui ne contiennent plus aucune momie ni objets précieux.

De nombreux blocs sont en calcaire. Les tailleurs de pierre faisaient des trous dans ces blocs, puis y introduisaient des coins en bois qu'ils arrosaient abondamment : le bois se gonflait, et la pierre se cassait en suivant les lignes qu'on avait tracées. **D'autres blocs sont en granit.** Il est incroyable que les tailleurs de pierre aient réussi à les travailler : en effet, ils n'avaient comme outils que des ciseaux de cuivre ou de pierre !

On ne sait pas avec certitude comment fut construite la grande pyramide. Peut-être les pierres étaient-elles transportées sur des traîneaux spéciaux par des équipes d'ouvriers (en effet, à l'époque de Chéops, les Égyptiens ne connaissaient pas encore la roue). Puis, à l'aide de cordes, les ouvriers tiraient les pierres sur des plans inclinés, jusqu'à l'endroit où elles étaient emboîtées dans la pyramide.

En voiture !

Nous saluâmes Pyr-a-midion et Nig-hô et nous apprêtâmes à repartir.

– Un proverbe arabe dit: « Nous craignons le temps, mais le temps craint les pyramides ! » La grande pyramide est la seule des Sept Merveilles du monde qui soit parvenue jusqu'à nous… murmura Volt, pensif.

Puis il expliqua :

– Nous partons maintenant pour la Britannia du roi Arthur. *Attention :* ses aventures sont mêlées de légendes !

Le Chronométricus fonctionne comme un moteur de recherche sur Internet : on peut entrer une date, un nom ou un sujet.

» Comme je ne sais pas quelle date indiquer, j'entrerai simplement « COURONNEMENT DU ROI ARTHUR ».

Le vaisseau se remplit de brouillard **BLEUTÉ**.

BANGGGGGGGGGGGGGGGGGGGGG !!!

J'avais les pattes crispées sur les accoudoirs, ma tête tournait comme un batteur-mixeur fou.

La capsule commença à vibrer, tournant sur elle-même de plus en plus vite...

EGYPTE

LES SEPT MERVEILLES DU MONDE ANTIQUE

1. Pyramides de Guizèh
2. Statue de Zeus à Olympie
3. Mausolée d'Halicarnasse
4. Jardins suspendus de Babylone
5. Colosse de Rhodes
6. Phare d'Alexandrie
7. Temple d'Artémis à Éphèse

UN CHÂTEAU À L'HORIZON

Volt souleva le hublot avec précaution :

– D'après mes calculs, nous ne devrions pas être loin du **château de Camelot...** en effet, le voici !

Nous sortîmes l'un derrière l'autre, admirant le château de pierre sur lequel flottait un étendard. Volt remit à chacun de nous un costume miniaturisé adapté à l'époque. Il lui rendit sa dimension normale :

j'étais ainsi vêtu d'une chemise blanche et d'un gilet vert, d'un chapeau à plume rouge et d'un collant à rayures, d'une besace et d'une paire de chaussures à pointe.

Avec un sourire mystérieux, Volt fit tintinnabuler une bourse de cuir.

– Je vous donne à chacun 3 pièces de cuivre, 1 d'argent et 1 d'or. Avec une pièce de cuivre, vous pouvez vous offrir un repas, avec celle d'argent une épée, avec celle d'or un cheval. Faites-en bon usage !

Je glissai les pièces dans la besace de cuir que je portais en bandoulière.

Nous cachâmes le RATONAUTILUS derrière un rocher tapissé de mousse et prîmes la direction de la colline sur laquelle se dressait le château.

Chemin faisant, le professeur Volt nous expliquait :

– Le mot MOYEN ÂGE signifie « l'époque du milieu ». Il commence en 476 *(chute de l'Empire romain d'Occident)* et finit en 1492 *(découverte de l'Amérique).* On le divise en HAUT MOYEN ÂGE (avant l'an mil) et BAS MOYEN ÂGE (après l'an mil). Au cours du Moyen âge se développa en Europe un système social, économique et politique appelé la *féodalité*.

UN CHÂTEAU À L'HORIZON

Nous arrivons à Camelot, en Britannia, où, d'après la légende, se déroula l'histoire d'Arthur et des chevaliers de la Table ronde. Préparez-vous, l'aventure va commencer !

Carte de Britannia

Ve siècle… ou XIIe siècle ? Bien que les aventures d'Arthur remontent au Ve siècle, ce sont les poètes des XIIe et XIIIe siècles qui les ont chantées. Ils ont peint les décors et les múurs de leur époque, et c'est ainsi que nous les imaginons encore…

Britannia : ancien nom de l'Angleterre. Au Ve siècle après J.-C., la Britannia, libérée de la domination romaine, fut envahie par des guerriers saxons que combattit longuement Arthur.

Avalon : île magique où fut enterré le roi Arthur.
Camelot : ville où résidait la cour du roi Arthur.
Caerleon : place forte d'Arthur sur le fleuve Usk.
Tintagel : château où naquit Arthur.
Brocéliande : forêt légendaire où se dresse la tombe de Merlin.

Stonehenge (Anneau des géants) : cercle d'énormes pierres construit entre 3000 et 1500 avant J.-C., temple astronomique sacré des druides, les prêtres celtiques.
Les pierres étaient alignées dans la direction où surgissait le Soleil et la Lune aux solstices d'hiver et d'été.

Le Cantique des créatures de saint François d'Assise (1181-1226) est un témoignage de l'élévation spirituelle du Moyen Âge. Enfant, François lisait avec passion les aventures d'Arthur, mais, en grandissant, il découvrit que le secret pour vaincre les guerres, ce n'était pas la force, mais l'amour...

Cantique des créatures

Loué sois-tu, mon Seigneur,
avec toutes tes créatures,
spécialement messire le frère Soleil,
par qui, le jour, tu nous éclaires.
Beau, rayonnant d'une grande splendeur,
Il est de toi, Très-Haut, le symbole.

Loué sois-tu, mon Seigneur,
Pour sœur Lune et les Étoiles,
dans le ciel tu les as placées,
claires, précieuses et belles.
Loué sois-tu, mon Seigneur,
Pour frère Vent, et pour l'Air
Et les nuages et le serein et tous les temps,
Par lesquels tu donnes vie à tes créatures.

Loué sois-tu, mon Seigneur,
Pour sœur Eau,
qui est utile et humble,
Et précieuse et chaste.

Loué sois-tu, mon Seigneur,
Pour frère Feu,
par qui tu éclaires la nuit :
il est beau et joyeux,
Plein de vigueur et de force.

Loué sois-tu, mon Seigneur,
Pour sœur notre mère Terre,
qui nous nourrit et gouverne,
qui produit les fruits, les fleurs colorées et l'herbe.

FÉODALITÉ

Le **suzerain** concédait le fief au **vassal** (jouissance d'un terrain en échange de fidélité). En dessous de celui-ci étaient les **vavasseurs.**

Au-dessous encore, les **artisans** et les **paysans**.

Les plus pauvres étaient les **serfs**, qui étaient considérés comme une propriété de leur seigneur.

CAMELOT ? MAIS VOUS ÊTES À CASTELPOUILLEUX !

Nous marchâmes pendant des heures et nous arrivâmes au coucher du soleil. Le château était entouré d'un profond fossé et le pont-levis était fermé. Je remarquai que, sur l'étendard, le blason représentait un poux rampant. Bizarre !

Volt suggéra :

– Pour ne pas éveiller les soupçons, nous nous ferons passer pour une troupe de comédiens ambulants.

Puis il s'écria :

– Ohé, gens de Camelot !

Un museau apparut à une meurtrière du château.

– Quoi ? Qui va là ? Et pourquoi parlez-vous de Camelot ? Ici, vous êtes à Castelpouilleux !

Volt murmura, perplexe :

– Quoiiii ? Castelpouilleux ? Nous nous serions donc trompés d'endroit ? Hummm... Bizarre !

La sentinelle bougonna :

– Mais qui êtes-vous ?

– Ouvrez, nous sommes des comédiens ! répondit Traquenard.

– Scouit, et qu'est-ce qui me prouve que vous dites vrai ?

Traquenard lança en l'air plusieurs balles de couleur et se mit à jongler.

– Regardez ça, HOP HOP HOP !

HOP HOP HOP HOP HOP HOP HOP HOP HOP !

– Hum, et tes amis ?

– Le plus vieux joue de la flûte, la demoiselle chante, et le petit est un bouffon... La sentinelle me désigna :

– Et l'autre, là, avec son *papillon* sur le museau ? Je compris qu'il parlait de mes *lunettes*. Je m'avançai d'un pas.

– Moi... euh... eh bien, je suis un ménestrel.

– Ah oui ? alors récite-moi un poème !

Je balbutiai :

– *Oh toi qui viens de te montrer...euh, te montrer...*

MOYEN ÂGE

LUNETTES

Elles n'ont été inventées qu'au XIIIe siècle par le moine florentin Alessandro della Spina. Au Moyen Âge, beaucoup de choses n'avaient pas encore été inventées : par exemple, les boutons... et les culottes ! Il n'y avait pas non plus de timbres, de cabinets (on utilisait des vases de nuit), de système métrique décimal.

Par mille mimolettes, l'inspiration ne venait pas. Traquenard me pinça la queue.

– Dépêche-toi !

J'improvisai :

Ô TOI QUI VIENS DE TE MONTRER,
Ô TOI QUI VIENS DE NOUS PARLER...
SI LE PONT-LEVIS NE S'ABAISSE PAS,
DANS LE CHÂTEAU JE N'ENTRERAI PAS !
SOIS COURTOIS, LAISSE-MOI ENTRER,
SI TU VEUX ENCORE M'ENTENDRE RIMER !

La sentinelle hocha la tête.

– Mouais, pas terrible cette poésie, mais je vous ouvre quand même, parce qu'on s'ennuie trop ici : il n'y a jamais rien à faire le soir, et si le seigneur vous coupe la tête, ça fera au moins un divertissement !

Le pont-levis s'abaissa en grinçant. Une souris basse et courtaude vint à notre rencontre : elle avait des moustaches hirsutes et un œil en moins.

– Suivez-moi, je suis Louchœil Bigleux, dit Regardnoir !

Pour égayer les soirées, les ménestrels récitaient des chansons qui parlaient de héros courageux, de guerres et d'amour.

J'observai avec curiosité la cour du château : le maréchal ferrant martelait un fer à cheval sur son enclume, pendant que des paysans chargeaient du foin sur leurs charrettes. Le boulanger sortait du four des miches de pain de seigle croustillantes, alors que, dans la boutique du tailleur, un apprenti s'exerçait sur le métier à tisser.

Le gars, *ou plutôt le rat,* nous conduisit à travers un dédale de couloirs jusqu'à une grande salle pavée de pierres blanches et noires. Des flambeaux étaient accrochés aux murs sur lesquels ils projetaient des éclats mouvants. La salle était glaciale : la CHEMINÉE ALLUMÉE n'arrivait pas à la réchauffer. Çà et là pendaient des tapisseries, des panneaux brodés représentant de grandes scènes médiévales.

Bigleux baissa la voix.

– Attention à ce que vous allez dire.

Ô gente damoiselle !
Oh, mon héros !

MESSIRE RATULE DE GRANRAT, dit le **POUILLU**, est un gars, *ou plutôt un rat,* assez nerveux, et il est arrivé à bien des hôtes que... zac !
J'étais inquiet.
– Son rejeton aussi, c'est-à-dire son héritier, **MESSIRE RATELAS**, a mauvais caractère. Lui aussi, c'en est un qui... zac !

MOYEN ÂGE

LE CHÂTEAU
Il n'y avait ni eau courante, ni égouts. Les fenêtres étaient petites mais n'avaient pas de carreaux. L'hiver il faisait très froid. Les rideaux des lits à baldaquin étaient fermés pour conserver la chaleur.

Traquenard ricana :
– Je m'occupe d'arranger tout ça, moi. Je vais les amuser, ha ha haaa, je raconterai les meilleures **blagues irrésistibles** de mon répertoire. Tiens, par exemple : *savez-vous ce qu'est un chevil ? C'est un animal qui tritte et qui galipe !*

Ha ha ha ha ha ha ha ha haaaaaaaaaaaaaaa !

Ouh, j'étais de plus en plus inquiet !

1
14
3
13
2
12
4
9
15
5
11
7
8
6
10

L'INTÉRIEUR DU CHÂTEAU

1. Étendard du château
2. Donjon
3. Créneaux
4. Meurtrière
5. Pont-levis
6. Fossé rempli d'eau
7. Chevalier
8. Cachot où sont enfermés les prisonniers
9. Mécanisme pour manœuvrer le pont-levis
10. Salle du trésor
11. Armure
12. Salle des banquets
13. Chambre à coucher
14. Toit
15. Armurerie
16. Salle de l'adoubement (où sont nommés les chevaliers)
17. Sentinelle
18. Archer
19. Épaisses murailles de pierre
20. Passage secret
21. Cuisines
22. Réserve

Au fond de la salle je vis une longue table somptueusement parée, autour de laquelle avaient pris place des chevaliers qui braillaient en s'empiffrant. Certains jouaient aux échecs. Dans un coin, les dames brodaient et discutaient à qui mieux mieux.
Ratule, le seigneur du château, était bas et trapu, avec un museau massif et le pelage ébouriffé.
Il était vêtu d'un long manteau de velours pourpre sur lequel étaient brodés des poux dorés, mais qui était constellé de taches de graisse.
Il portait un béret de travers, ce qui lui donnait un air rebelle.
À sa droite, son fils Ratelas, un rat **grand** et **gros** à la fourrure ***GRAISSEUSE*** et aux moustaches **pelées**, avec des dents de travers et **jaunâtres**. Il cracha un os de poulet.
– Papa, qui c'est, ceux-là ?
Bigleux s'inclina si bas que ses moustaches balayèrent le sol.
Puis il hurla, si fort que nous sursautâmes :
– Ô noble Ratule, voici une bande de comédiens qui n'ont d'autre souhait que d'égayer cette

MOYEN ÂGE

HYGIÈNE

Les seigneurs faisaient remplir d'eau chaude un baquet de bois. Le savon était obtenu avec des cendres et du gras de brebis. Ils se lavaient très peu. Pour cacher les odeurs corporelles, ils avaient recours à des parfums précieux. Bien des gens avaient des poux et se grattaient. À cause du manque d'hygiène, les maladies étaient nombreuses.

triste soirée de décembre !

Je regardai Ratule pour voir l'effet qu'avait produit cette présentation.

Il se gratta. GRAT GRAT GRAT !

Il écrasa un poux. SGNIC !

Il jeta le poux dans un brasero. SFRIZ !

Il marmonna :

– Umpf, si vous ne m'amusez pas... zac !

Ratelas beugla :

– Ouais, si vous ne nous amusez pas... zac zac !

Tous les chevaliers s'écrièrent en chœur :

– Zac zac zac !

DIS QUELQUE CHOSE DE POÉTIQUE !

Un rat d'égout à la musculature démesurée et portant un capuchon noir fit un pas en avant et hurla :
– Il y a quelqu'un à décapiter ? Hein ? Allez, il faut que j'essaie ma nouvelle hache !
Il s'arracha un poil de moustache, le lança en l'air et le coupa au vol d'un coup de hache.
– Zacacac !
Traquenard, inquiet, me pinça la queue.
– Allez, cousin, dis quelque chose de poétique, sinon ils vont nous trancher la tête !
– Pas la peine de me presser ! Quand je suis sous pression, mon cerveau se bloque !
Il ricana :

LE BOURREAU DE CASTELPOUILLEUX

DIS QUELQUE CHOSE  DE POÉTIQUE !

– N'importe quoi. Il se bloque automatiquement chaque fois que tu essaies de penser !

Je me lançai :

– Ô SIRE DE CASTELPOUILLEUX,
QUI N'ÊTES POINT CHATOUILLEUX,
MAIS BRAVE ET VALEUREUX,
VOUS ÊTES UN RONGEUR COURAGEUX,
VOS PENSÉES SONT TOUJOURS SAGES,
PLUS PRÉCIEUSES QUE DE DÉLICIEUX FROMAGES !

Ratule marmonna :

– Hum, pas mal, la comparaison avec les **fromages**. Que savez-vous faire d'autre ?

Traquenard hurla :

– Braves gens ! Connaissez-vous la dernière ? **en rafale !**

Puis il commença à raconter des blagues **en rafale ! en rafale !**

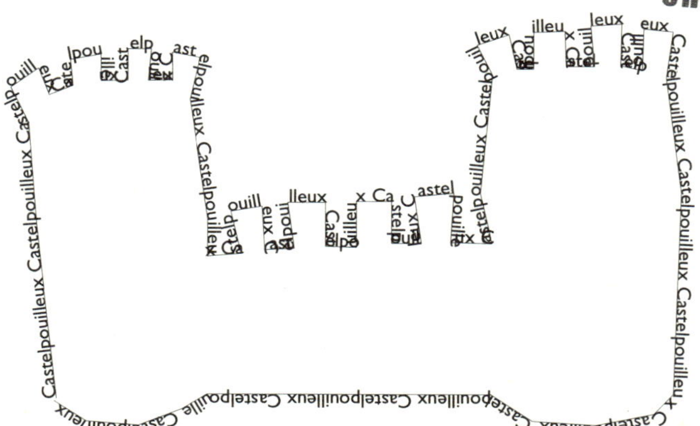

Rire médiéval

Une dame âgée va chez le pharmacien, qui lui pose des questions sur son état de santé :

– Quel âge avez-vous ?

La dame, finaude, répond :

– Trente ans !

Le pharmacien soupire :

– Par jambe, madame ?

Un chevalier va chez le bottier.

– Je voudrais une paire de bottes !

– De quelle couleur, monsieur ?

– De la même couleur, s'il vous plaît !

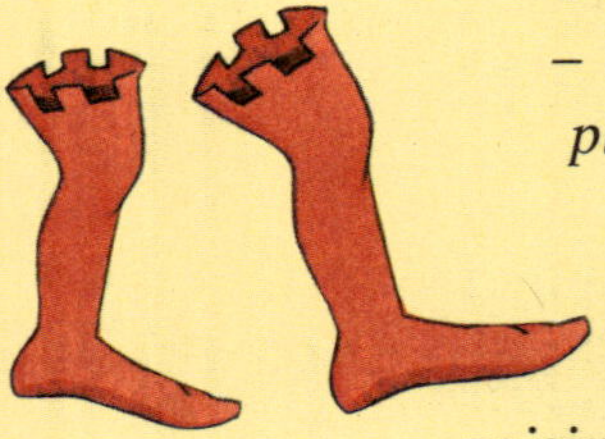

Un châtelain rencontre un ami qui habite dans le château voisin.

– Cher ami, pourriez-vous me prêter cent pièces d'or ?

– Oh, je regrette vraiment, mais je n'ai sur moi que… une pièce d'argent.

– Et au château ?

– Au château, tout le monde va très bien, merci !

Un chevalier rencontre un ami et lui dit :
– Ohé, Ratonce, comme tu as changé ! Avant tu avais le pelage épais, et maintenant il est tout râpé. Avant tu avais des moustaches noires, maintenant elles sont blondes. Avant tu étais gros, maintenant tu es maigre...
L'autre :
– Euh, je ne m'appelle pas Ratonce.
– Ratonce, tu as même changé de nom !!!

Un chevalier écrit à sa dulcinée : « Damoiselle de mon cœur, que ne donnerais-je point pour vous revoir ! Je traverserais mille forêts enchantées, j'affronterais mille soldats ennemis, je combattrais mille dragons féroces... »

La damoiselle lui répond : « S'il en est ainsi, venez me voir tout de suite ! »
Le chevalier lui répond : « Tout de suite ? Mais il pleut ! »

Un chevalier dit à un ami :
– Oh là là ! Demain, c'est l'anniversaire de ma femme, et je ne sais pas quoi lui offrir.
L'autre :
– Offre-lui un beau mouchoir en soie !
Le chevalier :
– Ouais, mais je ne connais pas sa taille de nez...

UNE BAGARRE À COUPS DE RÔTI

Volt joua une joyeuse mélodie et Téa chanta pendant que Benjamin exécutait des...

pirouettes rigolotes pirouettes rigolotes pirouettes rigolotes pirouettes rigolotes !

Un cortège de serviteurs fit alors son entrée. Ils por-

taient des plats d'étain remplis de mets succulents : agneaux rôtis, cerfs, lièvres, perdrix et gibier, beignets aux châtaignes, pâte de coing, confiture de myrtilles, figues sèches, amandes et raisins secs. Le dernier de la rangée était un page petit et maigre, de l'âge de Benjamin. Il portait à grand peine un plateau avec un énorme rôti de sanglier, sur lequel on avait planté un drapeau avec le blason de Castelpouilleux.

Le page se dépêchait, mais il trébucha contre l'épée d'un chevalier et tomba.

Le rôti fit un vol plané et alla s'écraser sur la tête de

Ratule ! Le museau tout couvert de sauce, il hurla :
– Attrapage ce pez, enfin *attrapez ce page !*
Pour sauver le petit, Traquenard saisit trois pommes et les fit voltiger en l'air.

Hoplàhoplàhoplà ! Le joli jeu que voilà !

Il bondit sur la table. Il tenait en équilibre sur le bout du museau une cuillère, sur laquelle il faisait tournoyer un plat d'étain, et, de la patte droite, il lançait en l'air une poire.

Enfin, sa queue brandissait le petit drapeau qui était planté au sommet du rôti.
– Undeuxtrois ! Tienstienstiens ! Scouitscouitscouit !
Tout le monde hurla : « BRAVOOOOOOOOOOOOO ! »
Alors il se débarrassa de tout son attirail, attrapa une tranche de rôti et la lança sur le museau du chevalier le plus proche.
Je retins mon souffle...

Mais, après un moment de panique, Ratule éclata d'un formidable rire.

Puis, lui aussi, il se mit à lancer des tranches de rôti sur les invités.

Tout le monde était mort de rire.

HAAA HAAA HAAA !
HÉÉÉ HÉÉÉ HÉÉÉ !
HIII HIII HIII !
HOOO HOOO HOOO !
HOUU HOUU HOUU !

MOYEN ÂGE

À TABLE

Le peuple mangeait de la soupe de céréales, des légumes, du pain noir, des œufs, du gibier braconné. En guise d'assiette, on se servait d'une tranche de pain qu'on mangeait à la fin du repas. Pour conserver la viande, on l'assaisonnait à l'aide d'épices piquantes. On ne connaissait ni la serviette de table ni la fourchette (qui est apparue à la Renaissance). Sous la table… les poules picoraient les miettes !

Je poussai un soupir de soulagement : le petit était sauvé !

Tandis que la bataille à coups de rôti faisait rage, je m'approchai du page, qui s'était caché sous une table, pâle et tremblant.

Je le rassurai :

– Tout va bien, mon petit. N'aie pas peur. Comment t'appelles-tu ?

GRANRAT
SGROUNF!
GRAGROUNF!
RATULE

Il murmura :
– **Croûton**, messire... tout le monde m'appelle Croûton. Je suis orphelin, je n'ai ni père ni mère.
À ce moment, un héraut sonna trois coups de trompette et remit un *parchemin* à Ratule.

Tarata ! Tarataaa ! Taratataaaaaaaa !

Le héraut souffla de nouveau dans sa trompette.

Tarata ! Tarataaa ! Taratataaaaaaaa !

Ratule hurla :

– Arrête de me trompeter dans les oreilles ! Non mais !

Puis il lut le parchemin et s'écria, tout ému :

– Ô mon rejeton, prépare-toi ! Tous les chevaliers de Britannia vont affluer à Castelpouilleux : un grand tournoi se déroulera, et le vainqueur deviendra *le nouveau roi* !

Ratelas brailla :

– Papa, tu crois que je serai le prochain roi ? Hein ? Tu crois, papa ? Hein hein hein ?

MOYEN ÂGE

PARCHEMIN

Au Moyen Âge, le papier n'était pas diffusé et l'on utilisait le parchemin (de la peau de mouton qu'on plongeait dans un bain de chaux, puis qu'on faisait sécher et qu'on polissait). Les rares livres en circulation étaient écrits à la main et ornés de précieuses miniatures par les moines copistes.

LE DÉFI... IMPOSSIBLE !

Ratule huma l'air :

– Snif, snifff...

Qu'est-ce que c'est que ce parfum ?

Mon cousin s'inclina jusqu'à balayer le sol de ses moustaches et sortit de sa poche un sandwich au gorgonzola.

– C'est du **GORGONZOLA**, mon seigneur ! Voulez-vous goûter ?

Ratule fit un signe impérieux de la patte. Une petite souris grassouillette prit le sandwich, le renifla, méfiant, et mordit une petite bouchée.

Pour se débarrasser de leurs rivaux, les seigneurs avaient souvent recours à des poisons puissants. Aussi y avait-il dans chaque cour un goûteur chargé de tester les plats.

Les sandwichs ont été inventés en 1762 par le comte de Sandwich. Au cours d'une partie de cartes, il ne voulut pas quitter la table de jeu et demanda qu'on lui apporte une tranche de viande entre deux tranches de pain.

Croûton murmura :

– Lui, c'est Lardon Couenneux, dit Tripoux, le nouveau goûteur. On en a déjà 3 qui ont crevé le mois dernier...

Ratule l'observa attentivement.

– Alors, je meux en panger, enfin je peux en manger ?

– C'est bon ! bredouilla Lardon, la bouche pleine.

Ratule, impatient :

– Je m'en doute, que c'est bon! Quelle odeur délicieuse! Mais… comment te sens-tu ?

La souris avala une autre bouchée et se lécha les moustaches.

– Euh, je me sens fort bien, messire !

Il essaya de prendre une nouvelle bouchée, mais Ratule lui arracha le sandwich des pattes.

– **CHAPERLIPOPETTE !** Que fais-tu ? Tu manges tout! Tu n'es ici que pour goû-ter ! Sinon, il n'en reste plus pour moi !

Poussant un grognement satisfait, il mordit dans le sandwich et n'en fit que quelques bouchées.

Miam miam miam miam miam miam miam !

– Quand l'appétit va, tout va ! s'exclama Traquenard.

Ratule s'essuya les moustaches d'un revers de manche et laissa échapper un rot : BURP !

Il désigna Traquenard.

– Toi, oui, toi, avec ta tête de gourmet, je te nomme *cuisinier du château*. Prépare-moi un plein chaudron de ce *gorgonchose* ou je ne sais quoi, de manière que je puisse traiter dignement les chevaliers qui vont venir. Mais tâche de cuisiner comme il faut, compris ? Sinon... zac !

Traquenard se mit au garde-à-vous.

– À vos ordres, chef ! Je vais vous préparer un gorgonzola à s'en lécher et s'en pourlécher les moustaches !

Un rat au pelage frisé, rond comme une boule de lard, se fraya un chemin dans l'assistance à coups de coude.

– Mais le cuisinier de Castelpouilleux... c'est **moi** !!!

Mon cousin chicota :

– Arrête ton char, je suis bien meilleur que toi ! Il y a un tas de trucs que je sais faire, et pas toi !

L'autre empoigna une cuillère en bois.

– Allons donc! Je te défie ! Dis-moi le nom d'un plat, et je te le cuisine sur-le-champ, aussi vrai que je m'appelle ***Marmiton Mitonnon***, dit ***Pansedelar*** !

Traquenard fit tournoyer une broche.

– D'accord, alors... prépare-moi un jus d'**orange**.

– *Orange* ? Euh, tu as bien dit « orange » ? Excuse, mais... c'est quoi ?

– Alors prépare-moi une **sauce tomate** !

– Hummm, *tomate* ? Quoi ?

De nombreux mets ont été rapportés d'Amérique, mais aussi des animaux inconnus, tels les perroquets.

– Bon, fais-moi des **pommes de terre frites** !

– *Pommes de terre* ? Beuh, qu'est-ce que c'est ?

– Alors, je voudrais une tranche d'**ananas** !

– *Ananas* ? Jamais entendu parler !

– Alors fais cuire une bonne soupe de **haricots** !

– *Haricots* ? Pauvre de moi, de quoi s'agit-il ?

– Je parie que tu ne sais pas non plus la recette du gâteau au **chocolat**, hein ! Et que tu ne sais même pas préparer une petite tasse de **café** !

L'autre sanglota, humilié :

– *Chocolat* ? *Café* ? Jamais entendu parler. C'est bon, tu as gagné, tu es trop fort !

Benjamin sourit sous ses moustaches.

– J'ai expliqué à oncle Traquenard que la *tomate*, les *pommes de terre*, l'*ananas*, les *haricots*, le *chocolat*, le *café* n'ont été importés d'Amérique en Europe qu'après 1492... L'*orange*, elle, est venue de Chine... C'est pourquoi, au Moyen Âge, personne ne connaissait encore ces aliments !

EH, TOI, GORGONZOLE-MOI LA PORTE !

Messire Ratule accorda à Traquenard tout ce qu'il demandait pour produire le gorgonzola et lui donna l'autorisation de circuler partout partout partout partout partout partout partout partout partout partout

Nous étions fous de joie.

– Cela va nous permettre d'explorer librement le château.

Nous discutâmes ainsi avec des gardes, des artisans, des paysans, des damoiselles et remarquâmes que personne ne connaissait Camelot ou Arthur.

Volt était perplexe :

– Il est curieux que le **CHRONOMÉTRICUS** ne nous ait pas emmenés à Camelot.

Traquenard était très occupé par la fabrication du gorgonzola.

Il fit venir de la campagne d'énormes quantités de lait, qu'on transportait dans des tonneaux de chêne. Il les fit rouler dans la cour du château et commença à produire

Les croûtons puants de Castelpouilleux

Prends plusieurs tranches de pain, étales-y du gorgonzola ou du roquefort et mets-les dans un plat. Fais cuire à four chaud pendant 3 minutes. Sors le plat du four. Mets, sur chaque tartine, une olive noire dénoyautée que tu fixeras à l'aide d'un cure-dents.

Avant de cuisiner, demande la permission à tes parents.

en série des meules de gorgonzola. Au bout de quelques jours, le fromage était prêt ! On le savait rien qu'à l'odeur : d'effroyables effluves avaient envahi tout le château, attirant une foule de curieux.

Ratule débarqua dans les cuisines en reniflant, la mine gourmande.

– Eh toi, gorgonzole-moi la porte, enfin... apporte-moi le gorgonzola !

Traquenard prit une tranche de pain, y étala du gorgonzola, l'enfourna rapidement, puis la garnit d'une olive noire qui ressemblait à un poux. Il la servit sur un plat d'étain.

– Voilà une recette exclusive : *les croûtons puants de Castelpouilleux !*

Le goûteur eut à peine le temps de dire *Excell...* que Ratule se goinfrait déjà.

Il plongea dans la marmite et, couvert de fromage jusqu'à la pointe des moustaches, s'écria :

– Raperlipopette, *miam* ! Voilà un mets exquis, digne d'un PRINCE, que dis-je ? d'un ROI, que dis-je ? d'un EMPEREUR ! Demain soir, tous les chevaliers vont envier **mon** gorgonzola !

DANS LES YEUX DE MERLIN

Je dormais sur une paillasse dans un coin de la cuisine... Je me réveillai en sursaut, à l'aube. Devant moi, éclairé par les premiers rayons du soleil, se tenait une silhouette imposante qui portait un manteau bleu et un grand chapeau pointu, sur lequel étaient brodées de petites étoiles d'or et d'argent.

MOYEN ÂGE

MERLIN

Conseiller du roi Arthur. Il aima la belle et jeune Viviane, la Dame du Lac, qui vivait dans la forêt magique de Brocéliande. Elle lui révéla tous ses secrets magiques, mais en profita pour l'enfermer pour toujours dans une prison d'air, aux murs transparents...

Un hibou vint se poser sur son épaule, dans un grand battement d'ailes.

L'inconnu lissa sa longue barbe blanche et entrouvrit des yeux bleus pénétrants.

– Mon nom est Merlin, murmura-t-il.

Il nous dévisagea, songeur.

– Mais vous, comment vous appelez-vous ? Qui êtes-vous vraiment ? Des voyageurs ? Vous n'avez aucun pouvoir magique, mais vous accomplissez pourtant des prodiges, je le sens...

Volt s'inclina respectueusement.

– Sage Merlin, vous avez raison. Nous venons de loin, de très loin.

Le mage fit un signe de la tête.

– Je le sens en effet, vous venez d'un pays qui est en dehors de la réalité, un pays terrestre et pourtant impossible à atteindre, même pour moi...

Une ombre passa dans les yeux de Merlin.

– Eh bien, voyageurs venus de loin, je vais vous dévoiler un secret. Ce château recèle un trésor bien plus précieux que l'or ou l'argent. C'est pourquoi je suis là, *pour que le trésor caché soit révélé et que le destin de la Britannia s'accomplisse enfin...*

Un rayon de soleil éblouissant se faufila dans la cuisine.

Je me frottai les yeux: le mage avait disparu ! Avais-je rêvé ?

Traquenard demanda, tout excité :

– Alors, Geronimo, il y a un trésor ? On en aura un

peu, nous aussi ? Hein ? Tu crois, Geronimo ? Un petit trésor me suffirait, je ne sais pas, moi, un petit tas de pièces d'or, juste pour qu'on n'ait pas fait ce voyage pour rien... Geronimo, Geronimooo, qu'en penses-tu ?

Je soupirai :

– Un trésor ? Je ne sais pas, Traquenard...

Nous entendîmes sonner une trompette.

– Taratataaaaaaaa !

Place aux valeureux chevaliers de Britanniaaaaa !

Plaaaaaaaaaaaaaaaaaaaaaaaaaace !

Nous nous précipitâmes aux créneaux du château. Au-dessus de la route qui conduisait à Castelpouilleux flottait une épaisse poussière soulevée par des dizaines, des centaines, des milliers de chevaliers qui arrivaient au trot, chacun avec son écuyer et un étendard MULTICOLORE qui claquait au vent.

Quel spectacle extraordinaire !

Téa prit une photo, pendant que, très ému, je notai dans mon journal : « *Des chevaliers arrivent, qui vont se disputer la couronne de roi de Britannia !* »

MOYEN ÂGE

VÊTEMENTS

Les paysans portaient une chemise, un pantalon de toile et un manteau. Les seigneurs portaient des habits de laine ou de soie brodée teints de couleurs vives, ornés de pierres précieuses, et des manteaux de fourrure. Les vêtements étaient si précieux qu'ils se transmettaient de père en fils.

Traquenard me pinça la queue.

– Allez, Geronimo, assez rêvé. Viens m'aider à faire la vaisselle !

UNE SOURICETTE AUX TRESSES BLONDES

Après avoir fini la vaisselle, j'allai dans la cour pour jeter les ordures.

C'est alors que je vis arriver une souricette aux longues tresses blondes et au regard doux, qui portait une tunique bleu ciel.

Elle avait au cou un précieux pendentif en or en forme de cœur, sur lequel était gravée la lettre G.

J'entendis murmurer :

– C'est la fille de Léodagan, le roi de Carmélide !

Pendant que je l'observai avec curiosité, la jeune princesse alla se promener au bord du ruisseau qui coulait près du château.

Elle monta sur le petit pont de bois qui enjambait le cours d'eau...

Le lacet auquel était attaché le pendentif se dénoua.

La souricette essaya de le rattraper, mais le bijou était déjà tombé au fond.

Sans hésiter,

Croûton plongea dans les eaux glacées.

Tout le monde retint son souffle...

Quelques secondes plus tard, il reparut en brandissant triomphalement le médaillon. Il le tendit à la souricette avec une profonde révérence.

Elle le remercia avec émotion :

– Pour moi, rien n'est plus *précieux* que ce bijou, c'est le seul souvenir que j'aie gardé de ma mère !

Croûton murmura *timidement* :

– Euh, moi aussi, je suis orphelin. Je n'ai ni père ni mère...

Les deux enfants sourirent et comprirent qu'ils étaient déjà amis.

J'enveloppai Croûton dans mon manteau, car il avait tellement froid qu'il claquait des dents.

– Viens te réchauffer au coin du feu dans la cuisine, petit, si tu ne veux pas tomber malade !

JE T'EN FERAI VOIR, DES SOURIS VERTES !

Comme au château personne ne connaissait Camelot et Arthur, nous décidâmes de sortir pour aller enquêter dans les environs.

Au moment où Traquenard traversait le pont-levis, un rat au pelage sombre comme la nuit se présenta de l'autre côté : il était massif comme une armoire et avait un museau terrifiant. Il portait une armure noire, son blason était un rat d'égout noir rampant à la queue fourchue.

Le rat noir hurla :

– Ôte-toi de là, museau de caille !

Traquenard lui répondit sur le même ton :

– Ôte-toi de là, face de perdrix !

– Infime rongeuricule !

– Souris de mes bottes !

– Je suis... Radégougnasse d'Arachat, de la

noble famille des Rassombres, dit le Chevalier Noir...

Traquenard ricana :

– Cher Radégougnasse, débouche-toi bien les oreilles, parce que moi, je suis le grand TRAQUENARD.

T comme T'as intérêt à te pousser, gros lard !
R comme Retire ta graisse, face de truie !
A comme Arrière toute, grand nigaud !
Q comme Quel imbécile, ce noiraud !
U comme Un chevalier à la noix !
E comme Euh, c'est comme ça !
N comme Non mais, et puis quoi encore !
A comme Attention, je vais passer !
R comme Recule ou je te fais tomber !
D comme Dans le fossé, gros benêt !

Il s'agrippa à une corde et s'élança au-dessus de la tête de Radégougnasse en criant :

– Attention, je vais t'arracher les moustaches !

– M'arracher les moustaches ? Je te défie, et te redéfie !

Traquenard hurla fièrement :

– Je relève le défi ! Prépare tes moustaches, **Radégougnafier !** Mon cousin Geronimo Stilton saura te remettre à ta place. Il t'en fera voir, *des souris vertes,* pas vrai, Geronimo ?

Pris au dépourvu, je balbutiai :

– Moi ? Mais qu'est-ce que j'ai à voir là-dedans ? Il ne m'a rien fait !

Traquenard me tira l'oreille.

– Pas la peine de te défiler, froussard !

Le Chevalier Noir agita le poing dans ma direction.

– Je t'attends en mon Château-Noir, Geronimo de Stilton ! Je t'arracherai les moustaches, je te tondrai le pelage, je ferai des nœuds à ta queue... Je vais t'occire, oh comme ce sera bon de t'occire ! Oooooooooooh, comme ce sera bon de t'occire !

Je crus que j'allais m'évanouir et devins pâle comme un camembert. Un écuyer murmura :

– Messire Traquenard, on raconte sur le CHÂTEAU-NOIR des légendes atroces. Il paraît que les SANGSUES GÉANTES pullulent dans les fossés...

– *Pfff, pour mon cousin, c'est une bagatelle...*

– Il paraît que la cour est le repaire d'un DRAGON CRACHEUR DE FEU...

– *Pfff, pour mon cousin, c'est une bagatelle...*

– Il paraît que Radégougnasse verse de la FONDUE BOUILLANTE sur ceux qui essaient d'entrer dans le château...

– *Pfff, pour mon cousin, c'est une bagatelle...*

Le Château-Noir...

Les sangsues...

Le dragon...

La fondue...

Mon cousin me fit un clin d'œil.

– On lui a réglé son compte, à ce cornichon, pas vrai, cousin ?

– Vraiment, je ne lui ai rien réglé du tout, moi ! marmonnai-je entre mes dents.

– Allez allez allez, prépare-toi à partir, et essaie d'être à la hauteur, ne nous fais pas honte, hein ! Occis-le en mon nom !

– Je ne compte aller nulle part ! m'écriai-je. Et je ne compte occire personne !

L'écuyer secoua la tête.

– Tout le monde a tellement peur d'être occis qu'aucun chevalier n'ose affronter Radégougnasse, pas même pour libérer cette pauvre damoiselle emprisonnée dans la tour la plus haute...

– *Une damoiselle emprisonnée ?* Et personne ne va la libérer ? C'est une honte ! m'écriai-je.

– Radégougnasse veut l'épouser de force. Le père de la damoiselle, messire Ratford, a cherché partout un chevalier assez courageux pour aller la libérer, mais personne n'ose ! soupira l'écuyer.

Il nous désigna un vieux rongeur qui sanglotait sous un chêne :

– Sourilie... Souriline... ma Souriliette... Je voudrais aller te chercher, mais, hélas, je suis vieux !

– Messire Ratford, mon nom est Stilton, *Geronimo Stilton*. Et j'irai libérer votre fille !

Il m'embrassa, ému.

– Merci, noble rongeur, merci !

UN SHAMPOING À LA FONDUE BOUILLANTE

Messire Ratford cria :

– Qu'on lui apporte un cheval !

– Oui, qu'on m'apporte un cheval ! Euh, un cheval ??? Mais je ne suis pas chevalier !

Mais les écuyers de messire Ratford m'avaient déjà enfilé une armure et chargé sur un cheval à l'aide d'un treuil.

Je partis au galop pour la Forêt-Noire. En vérité, c'est le cheval qui partit au galop. Moi, je me contentai de m'accrocher à la selle avec toute la force du désespoir !

En cours de route, je tombai trois fois de cheval. Aussi, je décidai de continuer à pied.

Armure des XIVe et XVe siècles. Il existait des armures de tournoi, de parade, de combat. Elles pouvaient peser jusqu'à 30 kilos !

Voilà votre écu !
Gnick ! Gnick !
Pourquoi pourquoi pourquoi suis-je parti ?
Oooh hisse !
Tirez !
Lâchez !
Poussez !

MOYEN ÂGE

FORÊTS

Au Moyen Âge, les forêts étaient beaucoup plus étendues que de nos jours. Des animaux sauvages, comme des ours et des loups, y vivaient, mais aussi des ermites et des bandits. En Angleterre, dans la forêt de Sherwood, se cachait Robin des Bois, un généreux hors-la-loi qui défendait les pauvres contre les injustices des seigneurs.

Mais comme il était épuisant de marcher dans la forêt avec une armure et une épée, je m'en débarrassai bientôt.

J'arrivai au Château- Noir, perché au sommet de la Colline-Noire, au milieu de la Forêt-Noire. La rivière qui coulait près du château était noire… Et noire la muraille, noir le toit, noire la porte, noir l'étendard qui claquait au vent sur la plus haute tour. Noirs aussi les corbeaux qui tournoyaient en poussant leurs croassements lugubres.

GRAK, GRAAK, GRAAAAAAAAK !

Brrrrrrrrr ! Re-brrrrrrrrrr !

Avant de m'approcher davantage, je pris une profonde inspiration pour me donner du courage. Vous l'aurez compris, je ne suis pas un gars, *ou plutôt un rat,* très courageux !

Mais… j'avais un plan.

Je rassemblai toute ma hardiesse et m'approchai, en jetant un regard inquiet vers les fossés. Mais je ne vis pas de sangsues...

Je pris un air désinvolte et m'écriai devant la porte hérissée de clous :

– Euh, il y a quelqu'un ?

Une paire de moustaches apparut entre deux créneaux.

– **Grounfff**, qui c'est ?

– Euh, c'est le plombier. On m'a appelé pour une gouttière qui fuit...

L'autre marmonna :

– **Pff**, dans ce château, y a toujours quelque chose de cassé. Même les toitures tombent en ruine !

MOYEN ÂGE

ASSAUT

Les sentinelles donnaient l'alarme : on relevait le pont-levis et l'on versait de l'huile bouillante sur les assaillants ; des archers décochaient des flèches à travers les meurtrières. Les ennemis répliquaient avec des flèches enflammées, des béliers, des tours mobiles et des catapultes. Le siège pouvait durer des mois, voire des années, car les châteaux avaient d'immenses réserves.

Il continua de grogner pendant que j'entrai :

– J'attends un chevalier, un certain Geronimo de Stilton. Radégougnasse m'a dit que je le reconnaîtrai facilement, parce qu'il a un museau de nigaud. J'ai l'ordre de lui verser sur la tête un chaudron de FONDUE BOUILLANTE. Heureusement que tu t'es fait connaître !

Je pâlis.

– Euh… oui… heureusement…

Je feignis l'indifférence :

Catapulte (pour lancer des pierres sur les ennemis)

– Il doit y avoir de belles sangsues dans ce fossé. Et ça doit être pratique en hiver, un dragon qui crache du feu !

Le garde ricana :

– Je ne devrais pas te le dire, parce que c'est un secret, mais les sangsues et tout le reste sont une invention pour éloigner les curieux. Et ça marche, tu sais ! Personne n'ose jamais approcher du château ! De toute façon, si quelqu'un osait, je me chargerais de lui faire un bon shampoing à la fondue bouillante, parole de **Guetteur Guetapens** !

Je ris en serrant les dents :

– Ha ha haaa, très drôle !

Je me glissai dans un **couloir sombre** et gravis les escaliers qui conduisaient à la plus haute tour.

Tour mobile (pour escalader les murailles)

Bélier (pour enfoncer les murs et les portes)

AH, J'AI LE VERTIGE !

Je montai, montai, montai... ah, on aurait dit que ces escaliers ne finiraient jamais !

Enfin, j'arrivai au sommet et découvris une toute petite petite porte peinte en **noir**, sur laquelle était dessiné le blason des

Rassombres.

Une grosse clef rouillée était glissée dans la serrure : je donnai un tour, et la petite porte s'ouvrit en grinçant.

Je bondis à l'intérieur en criant :

– N'ayez crainte, gente damoiselle Sourilie, je viens pour vous sauver !

J'étais dans une pièce toute noire, où trônait un lit à baldaquin aux rideaux de brocart noir. Près de la cheminée de pierre noire était assise une souricette mélancolique au pelage blanc comme neige, qui brodait au point de croix.

Elle était habillée de satin doré, avec un manteau de soie jaune brochée de perles et de topazes. Elle portait sur la tête un voile de très fine dentelle.

Elle sauta sur ses pattes.

– Quel est votre nom, preux chevalier ?

Je m'inclinai.

– Mon nom est Stilton, *Geronimo Stilton*. Je suis venu vous libérer !

J'entendis un pas lourd dans l'escalier, et la lumière des flammes projeta sur les pavés une ombre noire : **Radégougnasse !**

Nous sortîmes de la pièce en douce et nous cachâmes derrière une armure.

Radégougnasse marmonna :

– Souriliotte, où t'es-tu cachée ? Veux-tu m'épouser, *ratonne de mon cœur* ? Hein ?

Vifs comme des rats, sur la pointe des pattes, nous commençâmes à descendre l'escalier...

Soudain, une épouvantable

odeur d'ail vint chatouiller mon museau. J'éternuai :

– Atchoum !

Radégougnasse se retourna, et l'odeur aillée de son haleine me provoqua des éternuements en rafale :

– Atchoum atchoum atchoum !

Il ricana :

– Or donc, te voici ! C'est toi qui devais m'arracher les moustaches ?

Nous dévalâmes les escaliers à toute vitesse.

– Si je t'attrape, tu verras comme je vais t'occire !

J'entendis du bruit en bas de la tour : les soldats !

Notre seul espoir de fuite était de monter sur le toit

du château en passant par une petite fenêtre.
J'y passais la tête : par mille mimolettes…

Ah quelle peur, quelle frousse, quelle trouille !

Nous étions vraiment très haut !
Je pris Sourilie par la patte, et nous avançâmes en équilibre sur les créneaux.

J'ai le vertige vertige vertige vertige vertige vertige vertige…

– Courage, gente damoiselle !
En bas, les archers nous lancèrent leurs flèches. L'une d'elles m'effleura une oreille, une autre arracha la plume de mon chapeau, une autre encore me coupa un poil de moustache.
Sourilie portait une robe longue qui entravait ses mouvements : aussi je la pris dans mes bras et courus en essayant de **NE PAS** regarder en bas (j'ai le vertige !).
J'avais presque atteint l'escalier qui menait à la cour, quand… ma patte glissa sur une *fiente* de corbeau !

Je tombai (ou plutôt nous tombâmes) du toit. Agrippés aux créneaux, nous hurlâmes, terrorisés :

– Au secouuuuurs ! Sauvez les souriiiiis !

C'est alors que, juste en dessous de nous, dans la cour, je découvris quatre museaux familiers. C'était Volt, Téa, Traquenard et Benjamin, qui couinèrent en chœur :

– ***Rien n'arrête la famille Stilton !***

Mon neveu hurla :

– Tiens bon, tiens bon, tonton !

Ils s'élancèrent dans l'escalier *à la vitesse d'une souris affamée fondant sur un morceau de fromage* et, quelques instants plus tard, ils nous saisirent par la patte et nous tirèrent en lieu sûr.

PARFUMÉ À LA MIMOLETTE

– Pfiouuu, cette fois, j'ai bien cru que j'allais y passer et y laisser mon pelage ! soupirai-je, BLANC COMME UN CAMEMBERT.

Nous dévalâmes les escaliers, traversâmes la cour et nous précipitâmes au-dehors au moment même où le pont-levis commençait à se fermer. Puis nous partîmes au g a l o p pour rentrer à Castelpouilleux. Sourilie ne tomba pas une seule fois. Voulez-vous savoir combien de fois, moi, je tombais ?

Treize ! Je me cabossai : *les deux oreilles, le genou droit, le gros orteil gauche, trois poils de moustache, la pointe du museau, l'auriculaire gauche, la queue, le pouce droit, l'incisive gauche... et l'arrière-train !*

Oufff ! Quand nous arrivâmes je me laissai tomber à terre, épuisé, les pattes brisées..

Je marmottai :

– Je me demande si j'arriverai à marcher demain… je me le demande… ouh !

Messire Ratford m'embrassa, tout ému.

– Demandez-moi tout, tout, tout ce que vous voulez ! Terres, châteaux, trésors...

Traquenard, surexcité, chuchota à mon oreille :

– Allez allez allez, demande-lui un coffre rempli d'or, un écrin de perles, un coffret plein de rubis et...

Je lui fis une profonde révérence.

– Vous ne me devez rien.

Messire Ratford prit une épée, me la posa solennellement sur l'épaule gauche, puis sur la droite.

– Geronimo de Stilton, je vous nomme **chevalier** ! Jurez-vous de défendre les faibles ? Jurez-vous de vous dresser contre les injustices du monde ?

– Je le jure ! répondis-je fièrement.

Tous s'écrièrent :

– Hourra ! Hourra ! Viiiive le preux Geronimo de Stilton !

Benjamin lança :

– Bravo, tonton !

Clic
Bravo, tonton !

MOYEN ÂGE

CHEVALIERS

Les chevaliers devaient respecter un code chevaleresque, un ensemble de règles d'honneur : défendre les dames, protéger les faibles, être courageux, généreux, loyaux, et toujours tenir parole.

J'entendis un *clic* et je compris que ma sœur me photographiait en cachette.

Sourilie murmura, de manière que personne ne puisse nous entendre :

– D'où venez-vous, chevalier ?

– De très loin. Et je vais bientôt repartir.

– Reviendrez-vous à Castelpouilleux ?

Je soupirai :

– Qui peut le dire ?

Elle posa sur un moi un regard très tendre.

– Eh bien, messire Geronimo, aussi loin puissiez-vous aller, je conserverai toujours dans mon cœur le souvenir de votre geste généreux. Mais, pour que vous aussi vous vous souveniez de moi...

Elle me tendit un mouchoir brodé, délicatement parfumé à la mimolette.

– … conservez ce gage de ma reconnaissance !

Ému, j'effleurai le mouchoir de mes lèvres.

– Impossible de vous oublier, damoiselle...

La Flèche d'or

Le lendemain matin, veille de Noël, on entendit trois sonneries de trompette : le tournoi commençait.

Tarata tarata taratataaa !

Tarata tarata taratataaa !

Tarata tarata taratataaa !

Le héraut annonça :

– *Le tournoi de tir à l'arc auquel prendront part les plus valeureux archers du royaume va commencer. Le vainqueur emportera la Flèche d'or !*

Les concurrents tirèrent les uns après les autres.

Quand ce fut au tour de Ratelas, il mit en joue et brailla :

– Et maintenant, regardez bien comment on fait !

Il tira trois flèches qui, toutes, se fichèrent dans le rond central, près du cœur de la cible.

Le public scanda : Ra-te-las !

Il parada : Ra-te-las ! Ra-te-las !

– Oui, je suis excellent et je le sais !

Le héraut :

– Le vainqueur du tournoi est…

Mais une voix chicota :

– Moi aussi, je veux essayer !

Un autre concurrent s'avança, le museau couvert par les bords de son chapeau. Cela ne m'empêcha pas de le reconnaître : c'était ma sœur Téa !

Elle enfonça bien son chapeau sur la tête pour que personne ne l'identifie. Elle banda son arc...
Ses moustaches tremblaient d'émotion, mais je fus seul à m'en apercevoir, parce que je la connais bien.
Téa plissa les yeux pour viser et lâcha la flèche, qui fendit l'air dans un sifflement.
SWISHHHHHHHHHHH !
Tout le monde retint sa respiration.
J'essuyai mes lunettes pour mieux voir et écarquillai les yeux : elle avait mis dans le mille !

Les tournois se déroulaient à pied ou à cheval. Les chevaliers s'affrontaient seul à seul ou par équipes. Ces manifestations spectaculaires, qui, à l'origine, étaient un entraînement pour la guerre, devinrent ensuite une cérémonie qui se déroulait en présence de la cour.

Elle décocha une autre flèche : **dans le mille !**

Elle tira de nouveau : **dans le mille !**

Téa sauta en l'air.

– Scouittiriscouiiiiiiiiit !

Puis elle souleva son chapeau, et tout le monde la reconnut.

Ratelas était vert de rage.

– Quelle honte, être battu par une femelle !

Le public commenta :

– *Une femelle ?*

– *C'est inouï...*

– *Pourtant, elle est bonne...*

– *Elle est très bonne !*

– *Elle est trèes trèèès trèèèès bonne, bien meilleure que Ratelas !*

Nous portâmes Téa en triomphe avec la Flèche d'or, en criant fièrement :

– ***Rien n'arrête la famille Stilton !***

MEDIOEVO

LES FEMMES

Les paysannes travaillaient dans les champs ; les dames brodaient et jouaient de la musique. Mais, pauvres et riches, femmes du peuple ou aristocrates, toutes étaient soumises à l'autorité masculine. Elles ne choisissaient pas leur mari, ne pouvaient pas hériter et devaient obéir à leur père, à leur mari et à leur fils. Pourtant, les femmes remarquables n'ont pas manqué au Moyen Âge, comme Ildegarde de Bingen la sage abbesse (1098-1179), Aliénor d'Aquitaine, la reine lettrée (1122-1204) et la valeureuse Jeanne d'Arc (1412-1431).

OYEZ, OYEZ, OYEZ !

À midi, le héraut annonça :

– *Oyez, oyez, oyez ! Gransouris de Beaufort, dit le Becfin, affrontera Mimolet de Chaource, dit le Nigaudon !*

Les deux chevaliers s'avancèrent sur leurs destriers, qui piaffaient nerveusement.

Ils empoignèrent leurs longues lances… puis, au signal du départ, il s'élancèrent au galop.

Tout le monde retenait son souffle. Les deux chevaliers se heurtèrent dans un fracas métallique :

CLANGGG !

Je vis que Croûton regardait la joute en cachette, à travers une fente de l'enclos.

– Que fais-tu ? demandai-je en m'approchant.

Il rougit.

– Oh, messire Geronimo, je ne fais que regarder. Il y a tant de chevaliers, et ils sont si valeureux !

— Vas-y, Gransouriiiiiiiiiis !

– Allez, Mimolet ! Ne fais pas le Nigaudon !

DIS-MOI, QUEL EST TON RÊVE ?

Je caressai tendrement les petites oreilles de Croûton. Ah, comme il me faisait penser à Benjamin.

Nous assistâmes à des combats tout l'après-midi. Puis vint le soir.

– Voici la nuit de Noël, une nuit spéciale, où les rêves peuvent se réaliser. Dis-moi, petit, y a-t-il quelque chose que tu désires ?

Il **rougit**.

– Parle, tu peux avoir confiance en moi, insistai-je.

Les yeux de Croûton devinrent brillants d'émotion.

– Messire, j'ai un grand rêve… un rêve impossible !

– Dis-moi quel est ton rêve, et je promets que je t'aiderai à le réaliser.

Il murmura :

– Je… euh, enfin… je… Puis, d'un seul trait: Je voudrais participer à un tournoi !

– D'après ce que je sais, le premier point, c'est de posséder un cheval et une épée, dis-je en souriant.

Le petit baissa la tête, mélancolique.

– Je ne pourrai jamais m'offrir un cheval.

J'ouvris ma besace. Je sortis de la bourse de cuir la PIÈCE D'OR qui brilla dans la pénombre.

– Avec cette pièce, tu pourras acheter le plus beau cheval de Britannia..

Croûton prit la pièce avec précaution, comme s'il avait peur de l'abîmer.

– Merci, messire Geronimo !

J'ouvris encore la bourse de cuir.

– Et pour ce qui est de l'épée, avec une PIÈCE D'ARGENT...

Il m'interrompit en souriant :

– Messire Geronimo, j'ai déjà l'épée. Elle était plantée dans un rocher.

– U-une épée ? D-dans un rocher ?

Il me prit par la patte et m'accompagna sur la place du village.

BAS LES PATTES DE CETTE ÉPÉE !

Croûton chicota :

– Voici l'épée !

J'écarquillai les yeux : plantée dans la pierre, une lame scintillait à la lueur des torches.

Croûton l'empoigna de ses deux petites pattes et la brandit fièrement au-dessus de sa tête.

C'est alors qu'on entendit quelqu'un gronder :

– Eh, toi, où as-tu pris cette épée ?

C'était Ratelas.

Il arracha l'épée à Croûton et s'écria, tout excité :

– Mais… mais… mais c'est Excalibur !

Il brailla :

– Ohé, braves gens, venez voir ! Préparez-vous à me couronner roi de Britannia !

Je m'avançai.

– Euh, messire Ratelas, cette épée appartient en fait au

MOYEN ÂGE

EXCALIBUR

Épée légendaire, que seul le légitime roi de Britannia pouvait retirer du rocher où elle était plantée. Son nom signifie : « Je peux couper le fer et l'acier. »

Une curiosité ; dans l'église de San Galgano, près de Sienne, en Italie, il existe vraiment une épée dans un rocher : elle est plantée dans un bloc de pierre, et personne n'a jamais réussi à l'en retirer !

petit Croûton, c'est lui qui l'a retirée du rocher.

Ratelas grogna, méprisant :

– Ah vraiment, c'est Croûton ? J'aimerais voir ça ! De toute façon, maintenant, c'est moi qui l'ai, cette épée, et je la garde. Bas les pattes !

Ratule se fraya un chemin dans la foule.

– Ah, fiston, tu as enfin fait quelque chose de bien. Ohé, héraut, nouvelle la grande annonce, enfin annonce la grande nouvelle : plus besoin de faire de tournoi, mon rejeton a l'épée du rocher, c'est lui qui sera roi de Britannia !

Tous les cinq, nous entourâmes Croûton.

Volt répéta, doucement mais fermement :

– Cette épée appartient à Croûton !

Cependant, tous les chevaliers se pressaient autour de l'épée en criant :

– Excalibur ?

– Il paraît que quelqu'un l'a tirée du rocher !

– Oui, ce serait un page...

– Non, c'est Ratelas…

– Ratelas de Granrat ?

– En tout cas, c'est ce qu'il prétend…

– Je ne le vois pas du tout sur le trône de Britannia...

– C'est un gars, ou plutôt un rat, assez stupide...

– Et ce n'est pas un rejeton, mais un faux jeton !

– Moi, je ne l'ai pas vu retirer l'épée du rocher…

– Moi non plus…

– À mon avis, c'est une plaisanterie...

Merlin fit un signe pour demander le silence.

– Chevaliers de Britannia, vous voulez un roi ? Eh bien, vous en aurez un. Mais c'est l'épée qui le choisira.

La foule se rassembla sur la place. Au centre se trouvait un bloc de granit noir. Merlin lut les mots qui y étaient gravés :

QUI DU ROCHER
RETIRERA L'ÉPÉE
ROI DE BRITANNIA
DEVIENDRA

Il ordonna à Ratule :

– Donne-moi Excalibur !

L'autre grimaça, mais n'osa pas refuser.

Merlin la remit en place dans la fente du rocher.

Ratelas courut vers l'épée.

– Poussez-vous ! C'est moi qui serai roi !

Il saisit la poignée de l'épée et tira, tira, tira de toutes ses forces… mais en vain !

Ratule l'encourageait :

– Tire, tire, allez ! Vas-y, fiston, tiiiiiiiiiiiire !

Ratelas essuya ses moustaches en sueur.

– Je n'y arrive pas, papa, je n'y arrive vraiment pas !

Ratule grogna :

– Bon à rien, je vais te montrer comment on s'y prend, moi !

En haletant, il tira, tira, tira… mais l'épée ne bougea pas d'un millimètre. Tous les chevaliers s'écrièrent :

– Nous aussi, nous voulons essayer ! À nous !

C'est ainsi que, les uns après les autres, tous les chevaliers tentèrent leur chance.
Brutus Massedarme de Mornifle, le plus fort des chevaliers de Britannia, essaya : malgré sa force, l'épée ne bougea pas d'un millimètre.
Graillon Cœurdelard de Rillons, le plus gros des chevaliers de

Britannia, essaya : malgré son poids, l'épée ne bougea pas d'un millimètre. **Fripounet Courgefine d'Aigrefin**, le plus rusé des chevaliers de Britannia, essaya : malgré sa ruse, l'épée ne bougea pas d'un millimètre. *Ronchon Rongemaille de Ronflette*, le plus vieux des chevaliers de Britannia, essaya : malgré sa sagesse, l'épée ne bougea pas d'un millimètre. **Relent Pedrat de Pestilence**, le plus puant des chevaliers de Britannia, essaya : à cause de son odeur, on lui avait laissé la dernière place.

Quand tout le monde fut passé, on entendit une petite voix :

– Je peux essayer, moi aussi ?

Ratule et Ratelas éclatèrent de rire :

– Non mais, regardez-moi ça ! C'est encore Croûton, le page !

– Laissez-le essayer ! dis-je en m'avançant.

Ratule ricana :

– Mais oui, qu'il essaie, je veux en crire de rever, en crever de rire !

L'ÉPÉE QUI CHANTE

J'accompagnai Croûton au centre de la place. Il s'approcha timidement du rocher où était fichée l'épée et grimpa dessus.

Il se tourna vers moi, hésitant. Je l'encourageai :

– Allez, petit, c'est à toi. Tu vas y arriver

Il empoigna l'épée et… la sortit du rocher sans effort.

La foule s'écria : Oooooooooooooooooh !

Un rayon de lune déchira les nuages.

L'épée chanta alors d'une voix très douce :

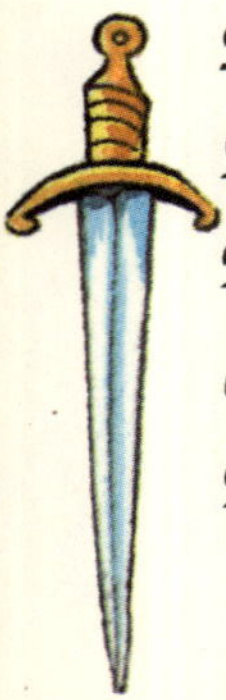

Mon seigneur, maintenant que je t'ai trouvé,
Roi de Britannia je t'ai consacré.
Prends-moi avec courage, force
et valeur…
Prends-moi pour la justice et pour l'honneur !

Quand le silence fut revenu, Ratule s'écria :
– Ça ne trompte pas, il y a un cruc, enfin... ça ne compte pas, il y a un truc !
Tout le monde se mit à vociférer : « Oui, oui, il y a un truc ! », « Un truc de Merlin ! », « Il doit y avoir la patte de l'enchanteur dans tout cela ! »
Je fis un signe à Croûton.
Il remit l'épée en place dans le rocher, puis, de nouveau, l'en tira et la brandit au-dessus de lui, pour que tout le monde puisse bien voir. Cette fois, il n'y avait pas de doute. Merlin fit un signe solennel, puis leva les bras au ciel.
– Oyez, oyez tous. Il y a des années que notre roi, Uter Pendragon, nous a quittés. Hélas hélas hélas ! Eh bien, nous sommes aujourd'hui réunis pour couronner son légitime héritier : son fils, Arthur.
Longue vie au nouveau roi de Britannia ! Longue vie au roi Arthur !
Tous s'agenouillèrent en criant :
– Longue vie au nouveau roi de Britannia ! Longue vie au roi Arthur !
L'épée resplendit. La foule scandait :
– Ar-thur ! Ar-thur ! Longue vie à Arthur !

Excalibur !
SGROUNF !
GRAGROUNF !

La souricette aux tresses blondes fixait Croûton, c'est-à-dire Arthur, avec des yeux adorateurs.

Il se jeta à genoux devant elle.

– Gente damoiselle !

Elle lui donna le bras, et ils se dirigèrent vers le château en se regardant tendrement dans les yeux.

J'entendis des murmures :

– Ah, damoiselle Guenièvre serait une parfaite épouse pour Arthur...

Merlin se lissa la barbe, satisfait.

– Voilà quel était le trésor caché dans ce château : un petit grand roi, Arthur.

...en se regardant tendrement dans les yeux...

...en se regardant tendrement dans les yeux...

Guenièvre et Arthur

Les chevaliers de la Table ronde

En celtique, Arthur signifie « ours ».
Il était le fils secret du roi de Britannia, Uter Pendragon, et d'Ygerne, duchesse de Tintagel.
Sa sœur était la fée Morgane.
Après la mort du roi, et pour protéger le petit Arthur, Merlin effaça ses traces et le cacha dans un château lointain. C'est seulement quand il fut prêt à monter sur le trône que Merlin le fit reconnaître, grâce à l'épée dans la roche.
Guenièvre, fille du roi Léodagan, épousa Arthur et inaugura un règne heureux qui dura plus de cinquante ans.
Sous la conduite du sage roi Arthur, la Britannia combattit longuement les envahisseurs saxons.
Enfin, Merlin révéla au roi qu'elle était sa véritable mission : retrouver le Graal, la coupe utilisée par Jésus-Christ lors de son dernier repas, qui soignait tous les maux et donnait la sagesse. Pour retrouver ce trésor, Arthur rassembla les meilleurs chevaliers autour d'une table ronde, pour signifier qu'ils étaient tous égaux en valeur.

UN NOUVEAU ROI, UNE NOUVELLE REINE

À ce moment, Volt arriva, essoufflé.

– Geronimo, je vous attendais ! Nous devons repartir tout de suite. Je viens de m'apercevoir que les batteries du RATONAUTILUS sont presque déchargées, et nous risquerions de ne plus jamais pouvoir partir d'ici !

Je soupirai. Je n'avais pas envie de laisser seul le petit Croûton.

Merlin me rassura :

– Partez tranquille, cher ami. Je veillerai à le conseiller, à faire de lui un bon roi. À propos, Castelpouilleux appartient maintenant à Arthur ! Je lui conseillerai

À 12 ans, les enfants étaient déjà considérés comme des adultes : ils travaillaient, combattaient et pouvaient se marier.

d'en changer le nom : Castelpouilleux, c'est horrible, ça donne envie de se gratter rien que d'y penser. Je lui conseillerai de l'appeler... **Camelot** ! Et je crois que, à Camelot, il y aura bientôt une nouvelle reine : Guenièvre, cette souricette avec laquelle Arthur semble si bien s'entendre.

Volt sourit.

– Arthur, Guenièvre, Camelot... parfait, tout est rentré dans l'ordre.

Merlin nous salua de la patte.

– Je ne vous oublierai pas, *voyageurs venus de loin !*

Nous entrâmes dans le RATONAUTILUS.

– Tout le monde est prêt ? On y vaaaaaaaaaa ! couina Volt.

La capsule sursauta.

BANGGGGGGGGGGGGGGGGGGGGG !!!

Quelques instants plus tard, nous étions de retour à Sourisia.

Oui, à Sourisia... à la maison !

Parole de Stilton, Geronimo Stilton !

Nous nous retrouvâmes dans le laboratoire de Volt. La porte s'ouvrit : mes amis sortirent de la capsule. Moi aussi, j'allais sortir, mais je couinai :

– Cette fois, pas de blagues, Traquenard !

– Moi ? Faire des **blagues ?** protesta-t-il. Je suis la souris la plus *sérieuse* du monde ! La méfiance, ce n'est pas bon pour la santé, Geronimo. D'ailleurs...

Je te trouve un peu nerveux...
Je dois t'en faire l'aveu !
Tu as l'air très abattu...
Turlu-turlututu !

Il esquissa un pas de tarentelle, mais trébucha sur un objet : c'était la télécommande du RATONAUTILUS.

– Tiens tiens, la télé*chose !* **C'est plus fort que le roquefort !** qu'est-ce que ça fait ici ? Bah !

Et il la jeta derrière lui en sifflotant.

Hélas, *scouit scouit scouit,* le RATONAUTILUS se mit à ronronner, et la porte se referma d'un coup sec. Cette fois, je savais ce qui m'arrivait ! J'attachai précipitamment ma ceinture de sécurité et me mis les bouchons dans les oreilles. La capsule se remplit de brouillard bleuté et commença à vibrer en pivotant très **VITE**, de plus en plus **VITE** ! Où allais-je me retrouver, cette fois ? Je l'ignorais. Mais je n'étais pas inquiet.

Ou plutôt...

j'aimais l'idée de repartir en voyage.

Quelle époque, quel pays m'attendait ? Peut-être l'époque des anciens Grecs, pour

discuter avec les grands philosophes comme Platon et Aristote, ou l'époque des anciens Romains, pour prendre part à une course de char dans le Colisée… ou peut-être en 1492, pour assister au débarquement de Christophe Colomb en Amérique ?
Où le RATONAUTILUS allait-il bien pouvoir m'emmener cette fois ?

Où ça ? Où ça ?? Où ça ??? Où çaaaaaaaaaaaaaaaaaaaaa ?

Vous le découvrirez avec moi dans un prochain livre.
Un autre livre au poil, parole de rongeur...
Ou plutôt, parole de Stilton,
Geronimo Stilton !

Minidictionnaire de la PRÉHISTOIRE

CARNIVORES : animaux qui se nourrissent de viande.

COULEUR : on ne sait pas de quelle couleur étaient les dinosaures. Peut-être, comme beaucoup de reptiles modernes, avaient-ils des couleurs vives, pour éloigner les prédateurs.

CRÉTACÉ : période géologique comprise entre 135 et 65 millions d'années avant l'ère moderne.

DINOSAURES : ce mot signifie « lézard terrible ». Les dinosaures sont apparus sur la Terre il y a quelque 200 millions d'années et ont disparu il y a environ 65 millions d'années.

ESPÈCE : ensemble des organismes qui ont en commun des caractères et un patrimoine génétique.

ÉVOLUTION : ensemble des modifications qui conduisent à l'apparition de nouvelles espèces, génération après génération.

HERBIVORES : animaux qui se nourrissent de végétaux. Les plus gros en mangeaient 230 kilos par jour ; ils étaient plus nombreux que les carnivores.

JURASSIQUE : période géologique comprise entre 205 et 135 millions d'années avant l'ère moderne. Le climat y était chaud et humide. D'épaisses forêts de fougères, de conifères géants, de cycadées et de ginkgoacées couvraient la Terre. Dans les mers dominaient les ichtyosaures et les plésiosaures, sur la terre les reptiles, dans le ciel les reptiles volants.

MAMMIFÈRES : animaux qui donnent naissance à des petits vivants et les allaitent.

ŒUF : les dinosaures déposaient leurs œufs dans des nids creusés dans la terre ou dans le sable. Certains se désintéressaient des petits, d'autres s'occupaient d'eux jusqu'à ce qu'ils soient grands.

OISEAUX : animaux dont les membres supérieurs se sont adaptés au vol. Le premier oiseau à plumes descendait de l'archéoptéryx, reptile à plumes.

PALÉONTOLOGIE : science qui étudie les restes fossiles des végétaux et des animaux du passé, pour en reconstituer l'aspect et les caractéristiques.

PRÉHISTOIRE : partie de l'histoire qui précède l'invention de l'écriture.

REPTILES : ce mot signifie « rampants ». Animaux vertébrés et à la peau écailleuse.

Les œufs de dinosaure mesuraient environ 20 à 30 centimètres.

Minidictionnaire de L'ÉGYPTE

AMULETTE : objet auquel on attribue des pouvoirs magiques.

ARCHÉOLOGIE : science qui étudie les civilisations antiques à travers les monuments et les documents qui nous sont parvenus.

ÉGYPTOLOGIE : étude de la civilisation et de la langue de l'Égypte antique.

KA : c'est la puissance vitale, l'énergie qui se trouve dans l'univers – dans les étoiles, dans les plantes, dans les animaux. Le BA, lui, est la conscience individuelle. Le corps est la maison du KA et du BA : c'est pourquoi les Égyptiens, soucieux que les corps restent entiers, les momifiaient.

LIVRE DES MORTS : pour rejoindre l'au-delà, le défunt devait accomplir un long voyage. Pour l'y l'aider, les prêtres plaçaient dans sa tombe des rouleaux de papyrus contenant des formules magiques et des prières qui constituaient le Livre des morts.

MASTABA : tombe égyptienne en forme de base de pyramide.

MESURES : l'unité de longueur était la coudée (environ 52 centimètres). *Heka* correspondait à 4,5 litres ; *Hin* à 0,5 litre. Des anneaux de cuivre, d'or, d'argent (*deben*) servaient de pièces de monnaie.

NÉCROPOLE : lieu consacré à la sépulture et au culte des défunts.

OBÉLISQUE : monument décoratif, formé d'un seul bloc de pierre long et fin se terminant par une pointe, orné d'inscriptions. Symbole du Soleil, il mesurait entre 20 et 30 mètres.

PAPYRUS : plante herbacée originaire d'Égypte, haute de 2 à 5 mètres. Ses fibres textiles tressées servaient à la construction d'embarcations. Avec la moelle de la plante, on produisait des feuilles sur lesquelles on écrivait.

PYRAMIDE :
les pyramides étaient caractéristiques des pharaons de la IVe et de la Ve dynasties (Chéops, Chéphren, Mykérinos). On peut rapprocher des pyramides égyptiennes les ziggourats de l'antique Mésopotamie et les pyramides de la civilisation précolombienne (maya, aztèque, inca).

TOUTANKHAMON : pharaon de la XVIIIe dynastie. Il régna à partir de 1347 av. J.-C., rétablit le culte d'Amon et mourut très jeune, à 19 ans. Sa tombe dans la Vallée des Rois, à Thèbes, fut découverte intacte par H. Carter et G. Carnarvon en 1922.

VALLÉE DES ROIS : localité sur la rive gauche du Nil, en face de l'antique Thèbes (aujourd'hui devant Louxor et Carnac). C'est là qu'on découvrit les tombes des pharaons des XVIIe, XIXe et XXe dynasties. Non loin de là se trouve la Vallée des Reines, avec la tombe de Néfertari.

Minidictionnaire du MOYEN ÂGE

ADOUBEMENT : cérémonie au cours de laquelle un jeune homme était nommé chevalier et prononçait un serment solennel.

AMOUR COURTOIS : principe de base de la société féodale : c'est par l'amour pour la dame de son cœur que le chevalier pouvait élever son âme. Pour être digne d'elle, il devait accomplir des entreprises courageuses. De nombreux poètes ont composé des poèmes dits courtois, comme Chrétien de Troyes, Wolfram Von Eschenbach et Robert de Boron.

BOUFFON : il égayait les banquets de la cour.

CELTES : populations guerrières qui s'établirent en Britannia vers 700 av. J.-C. Après les invasions des Saxons et des Angles aux V-VIe siècles ap. J.-C., les Celtes se réfugièrent en Irlande, au Pays de Galles, en Écosse et en France. Les prêtres celtes étaient les druides, qui édifièrent le grand cercle de pierres de Stonehenge.

DESTRIER : cheval de bataille (ainsi nommé parce que l'écuyer le menait de la main droite, la « *destre* »).

ÉCUYER : jeune homme de famille noble au service d'un chevalier.

GALAAD : fils de Lancelot ; chevalier au cœur très pur, il fera la conquête du Graal.

GONFALON : bannière de guerre.

GRAAL : le vase légendaire capable de guérir tous les maux.

LANCELOT DU LAC : fils de la reine Hélène et du roi Ban de Benoic. Enlevé par Viviane, qui l'éleva dans un château magique au fond d'un lac, il devint le premier chevalier de la Table ronde. Il était dévoué à la reine Guenièvre, dont il défendit l'honneur. Son fils, Galaad, retrouva le Sacré Graal.

MÉNESTREL : il chantait des poésies et des chansons à la cour.

MOINES COPISTES : avant l'invention de l'imprimerie, ces moines recopiaient les livres à la main et les ornaient de miniatures.

MORGANE : puissante fée, demi-sœur du roi Arthur. Elle fut initiée à la magie par Merlin. Elle complotait contre la reine Guenièvre.

SAXONS : populations barbares d'origine germanique contre lesquelles combattit Arthur.

TABLE DES MATIÈRES

PRÉHISTOIRE

MOYEN ÂGE

Chers amis rongeurs,
j'espère que cette aventure vous a plu.
Et j'espère que ce VOYAGE DANS LE TEMPS
vous a transmis la passion que j'ai pour l'histoire
et la curiosité d'en savoir plus...
parce que ce qui a été nous aide
à mieux comprendre ce qui sera !

Nous à *l'Écho du rongeur,* nous somme déjà au travail
pour publier le prochain livre,
parole de Stilton…

Geronimo Stilton

L'ÉCHO DU RONGEUR

1. Entrée
2. Imprimerie (où l'on imprime les livres et le journal)
3. Administration
4. Rédaction (où travaillent les rédacteurs, les maquettistes et les illustrateurs)
5. Bureau de Geronimo Stilton
6. Piste d'atterrissage pour hélicoptère

L'Écho du Rongeur
Rédaction

1
2
3
4
5
6
7
8
9
10
11
12
13
14
15
16
17
18
19
20
21
22
23
24
25
26
27
28
29
30
31
32
33
34
35
36
37
38
39
40
41
42
43
Fleuve Souris
Plage

Sourisia, la ville des Souris

1. Zone industrielle de Sourisia
2. Usine de fromages
3. Aéroport
4. Télévision et radio
5. Marché aux fromages
6. Marché aux poissons
7. Hôtel de ville
8. Château de Snobinailles
9. Sept collines de Sourisia
10. Gare
11. Centre commercial
12. Cinéma
13. Gymnase
14. Salle de concert
15. Place de la Pierre-qui-Chante
16. Théâtre Tortillon
17. Grand Hôtel
18. Hôpital
19. Jardin botanique
20. Bazar des Puces qui boitent
21. Parking
22. Musée d'art moderne
23. Université et bibliothèque
24. La Gazette du rat
25. L'Écho du rongeur
26. Maison de Traquenard
27. Quartier de la mode
28. Restaurant du Fromage d'Or
29. Centre pour la Protection de la mer et de l'environnement
30. Capitainerie du port
31. Stade
32. Terrain de golf
33. Piscine
34. Tennis
35. Parc d'attractions
36. Maison de Geronimo Stilton
37. Quartier des antiquaires
38. Librairie
39. Chantiers navals
40. Maison de Téa
41. Port
42. Phare
43. Statue de la Liberté

Vers le détroit du Rapt-à-Rat
Galion des chats pirates
Île Corsaire
Île Tortue
Ici passent les baleines
Atoll des îles Bienheureuses
Archipel d'Égout putrid
Barrière de corail
Baie des Dauphins
Golfe de la Dent cariée
Vers l'océan Ratonique méridional
Port-Relent
Port-Beurk
Roquefort
Rade du Chat errant
Vers la mer des Vibrisses vibrants
Ici, requins !
Port-Souris
SOURISIA
Port-Croûton
Phare Pelliculeux
Île Épilée
Épave affleurant
Vers la mer des Sourgasses
Île des Souris
N
S
1
2
3
4
5
6
7
8
9
10
11
12
13
14
15
16
17
18
19
20
21
22
23
24
25
26
27
28
29
30
31
32
33
34
35
36
37

Île des Souris

1. Grand Lac de glace
2. Pic de la Fourrure gelée
3. Pic du Tienvoiladéglaçons
4. Pic du Chteracontpacequilfaifroid
5. Sourikistan
6. Transourisie
7. Pic du Vampire
8. Volcan Souricifer
9. Lac de Soufre
10. Col du Chat Las
11. Pic du Putois
12. Forêt-Obscure
13. Vallée des Vampires vaniteux
14. Pic du Frisson
15. Col de la Ligne d'Ombre

16. Castel Radin
17. Parc national pour la défense de la nature
18. Las Ratayas Marinas
19. Forêt des Fossiles
20. Lac Lac
21. Lac Lac Lac
22. Lac Laclaclac
23. Roc Beaufort
24. Château de Moustimiaou
25. Vallée des Séquoias géants
26. Fontaine de Fondue
27. Marais sulfureux
28. Geyser
29. Vallée des Rats
30. Vallée Radégoûtante
31. Marais des Moustiques
32. Castel Comté
33. Désert du Souhara
34. Oasis du Chameau crachoteur
35. Pointe Cabochon
36. Jungle-Noire
37. Rio Mosquito

Geronimo Stilton

DANS LA MÊME COLLECTION

1. Le Sourire de Mona Sourisa
2. Le Galion des chats pirates
3. Un sorbet aux mouches pour monsieur le Comte
4. Le Mystérieux Manuscrit de Nostraratus
5. Un grand cappuccino pour Geronimo
6. Le Fantôme du métro
7. Mon nom est Stilton, Geronimo Stilton
8. Le Mystère de l'œil d'émeraude
9. Quatre Souris dans la Jungle-Noire
10. Bienvenue à Castel Radin
11. Bas les pattes, tête de reblochon !
12. L'amour, c'est comme le fromage...
13. Gare au yeti !
14. Le Mystère de la pyramide de fromage
15. Par mille mimolettes, j'ai gagné au Ratoloto !
16. Joyeux Noël, Stilton !
17. Le Secret de la famille Ténébrax
18. Un week-end d'enfer pour Geronimo
19. Le Mystère du trésor disparu
20. Drôles de vacances pour Geronimo !
21. Un camping-car jaune fromage
22. Le Château de Moustimiaou
23. Le Bal des Ténébrax
24. Le Marathon du siècle
25. Le Temple du Rubis de feu
26. Le Championnat du monde de blagues
27. Des vacances de rêve à la pension Bellerate
28. Champion de foot !
29. Le Mystérieux voleur de fromages
30. Comment devenir une super souris en quatre jours et demi
31. Un vrai gentil rat ne pue pas
32. Quatre Souris au Far West
33. Ouille, ouille, ouille... quelle trouille !

- Hors-série
  Le Voyage dans le temps
  Le Royaume de la Fantaisie
  Le Royaume du Bonheur

Ce livre est affectueusement dédié…
à Luigi, petit garçon courageux.

Conseiller pour la période préhistorique :
Giorgio G. Bardelli,
Associazione Didattica Museale (musée d'Histoire naturelle, Milan).
Conseiller pour la période égyptienne :
Marcella Trapani, *Service éducatif du musée égyptien de Turin.*
Conseiller pour la période médiévale :
Topisa Rodicelli.
Un grand merci à Massimo Medica, *directeur du Museo Civico Medievale de Bologne.*

Texte de Geronimo Stilton
Illustrations de Larry Keys, Blasco Tabasco, Ratterto Rattonchi et Wally Bluecheese
Édition de Certosina Kashmir
Conseiller pour les textes : Refusella Topato
Graphisme de Merenguita Gingermouse, Zeppola Zap
Couverture de Iacopo Bruno
Mise en pages et effets graphiques de Topea Sha Sha
Collaboration graphique de Chiara Cebraro
Traduction de Titi Plumederat

www.geronimostilton.com

Pour l'édition originale :
© 2002 Edizioni Piemme S.P.A. Via del Carmine, 5 – 15033 Casale Monferrato (AL) – Italie
sous le titre *Viaggio nel tempo*
Pour l'édition française :
© 2004 Albin Michel Jeunesse – 22, rue Huyghens – 75014 Paris – www.albin-michel.fr
Loi 49 956 du 16 juillet 1949 sur les publications destinées à la jeunesse
Dépôt légal : second semestre 2004
N° d'édition : 16015/5
ISBN 13 : 978 2 226 15317 3
Imprimé en France par l'imprimerie Clerc à Saint-Amand-Montrond